발뒤꿈치 명왕성

Pluto in the Heel

인지

발뒤꿈치 명왕성

1판 1쇄 인쇄 2026년 5월 5일
1판 1쇄 발행 2026년 5월 10일

발행처 도서출판 문장
발행인 이은숙

등록번호 제2015-000023호
등록일 1977년 10월 24일

서울시 강북구 덕릉로 14(수유동)
전화 02-929-9495
팩스 02-929-9496

문장 시인선 017

발뒤꿈치 명왕성
Pluto in the heel

강만수 시집

도서
출판 문장

▶ 시인의 말

오동나무에 핀 사유 그것은 펄떡이는 심장이다
한 송이 詩꽃으로 내게 다가온 우주다.

2026년 봄 여산재에서
강 만 수

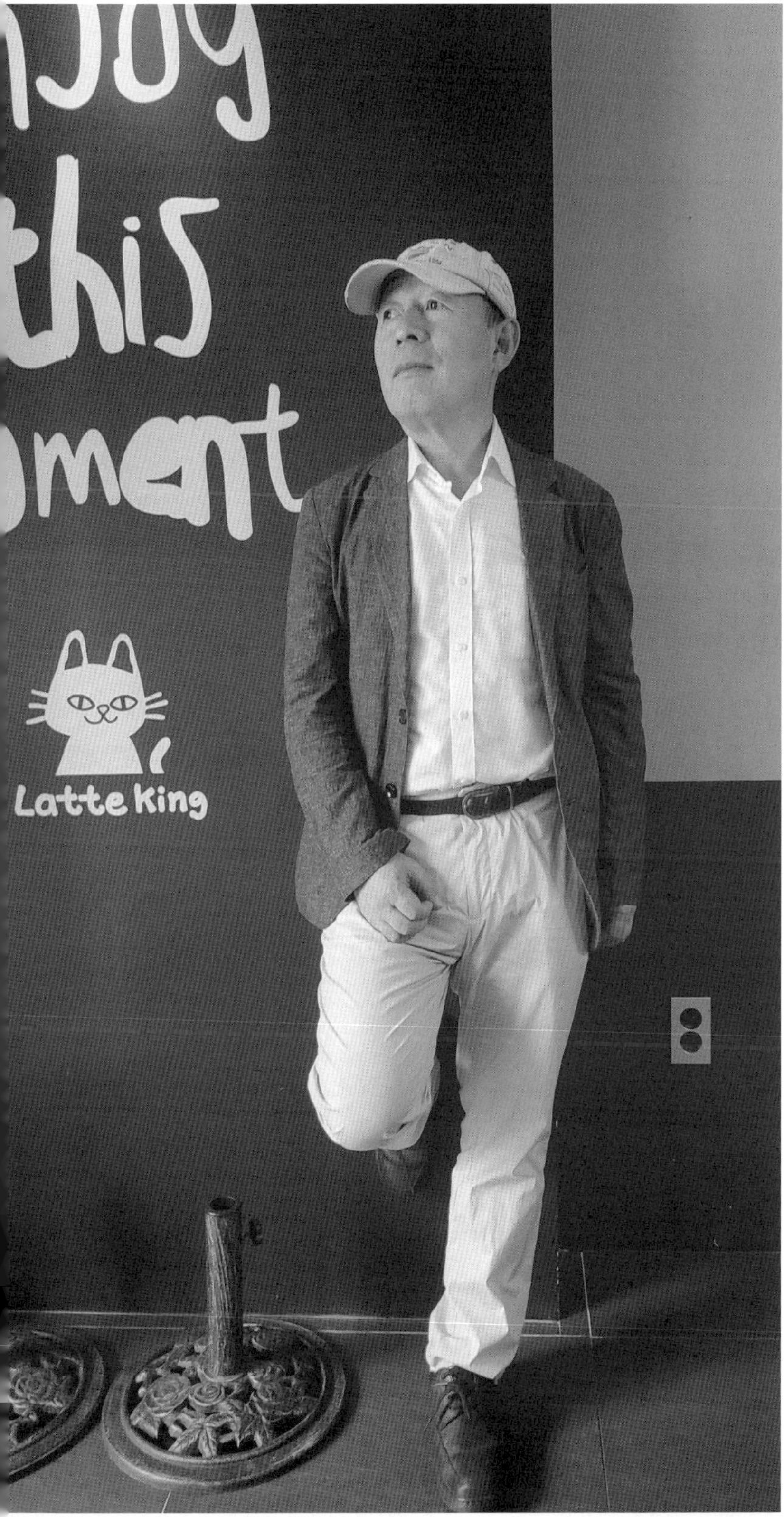
this
Latte King

이경교 시인이 내게 써준 글씨와 그림

曲高和寡
(재능이 지나치게 많으면 따르는 무리가 적다는 말)

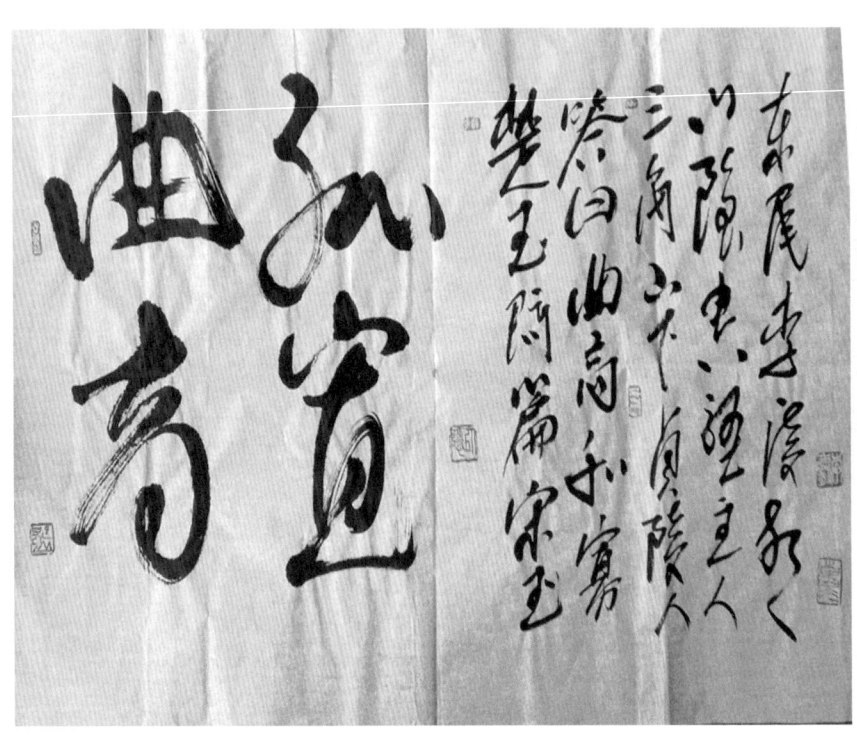

- 오감도

▶ 차례

2부

3부

4부

1

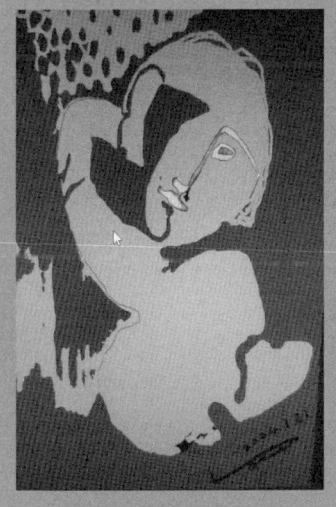

절대지존

어느 순간 백색 소금 빛을 닮은 태양 아래 서 있다고 생각했다

마음무늬

무늬들은 끝없이 무늬를 이어서 붙이는 걸까 ㅁㄴ 무늬 ㅁㄴ 무늬들
솜사탕 무늬 자작나무 ㅁㄴ 노랑나비 무늬 자목련 꽃잎 ㅁㄴ들 무늬
민들레 홀씨 ㅁㄴ 멧팔랑나비 무늬 애기세줄나비 ㅁㄴ 줄나비 무늬
끌어당기는 힘과 밀어내는 힘이 만들어내는 오묘한 ㅁㄴㅁㄴ 무늬들
붉은 신호등 불빛 무늬 파란 신호등 불빛 무늬 황금색 신호등 무늬
무질서한 무늬 텅 빈 공간 무늬 동백나무 무늬 초미세 ㅁㄴ 주목 무늬
질서정연한 무늬 꾀꼬리 가슴 무늬 푸른 잎사귀 무늬 할로겐램프 무늬
삶이 무늬를 그린다 어떤 무늬를 그리는 걸까 셀 수도 없는 저 무늬들
마음샘에서 꽃씨들을 흩뿌려 끝없이 생이란 무늬를 이어나가고 있다
ㅁㄴ 무늬 ㅁㄴ 무늬들 마음결은 쉼 없이 무늬를 품어서 그려 나간다

빗낱

콩탁 콩탁 콩탁 콩콩탁 콩탁 콩탁 콩콩탁 콩탁 콩탁

ㅋㅌ ㅋㅌ ㅋㅌ ㅋㅌ ㅋㅌ ㅋㅌ ㅋㅌ ㅋㅌ ㅋㅌ
ㅌㅌ ㅌㅌ ㅌㅌ ㅌ ㅌㅌ ㅌㅌ ㅌㅌ ㅌㅌ ㅌ

톡 톡 톡 톡 통 통 톡 톡 톡 톡 통 통 통 톡 톡 톡

팅팅 틱탁 팅팅팅 틱탁 틱탁 팅팅팅 틱탁 티탁 팅팅
ㅌ 탁 ㅌ 탁 ㅌ 탁 ㅌ 탁 ㅌ 탁 ㅌ 탁 ㅌ 탁 ㅌ 탁 ㅌ

ㅌ 톡 콩 콩콩 탁 ㅋ ㅌ ㅋ ㅌ 틱 탁 콩 콩 콩 톡 탁

*빗낱: 하나하나가 빠짐없이 모두 빗방울을 뜻하는 말임.

사하라

태양 빛이 매우 건조한 대지에 내리쬘 때 그 불볕을 느껴봤는가
강렬한 폭양에 어깨와 허리 무릎과 발목이 내려앉는

사막을 힘겹게 혀끝 꽉 깨물며 걸어가다 바람이 불 때면
휘이익 날리는 붉은 모래에 뒤섞인 희부연 먼지들

그러다 어디선가 간헐적으로 들리는 여우 울음 아니 섬묘한 소리에

낙타에서 내려 수통에 든 물을 벌컥벌컥 마신 뒤
어떤 동식물도 살아남을 수 없을 것 같은

온통 모래 알갱이로 뒤덮인 길을 걸어가다

내 눈길을 잡은 건 인간이나 동물을 비롯한
가슴뼈와 등뼈 머리뼈 등이 모래바닥에 뒤엉켜 자빠져 있음에

날카롭게 날이 선 언어에 팔목이 베어져 피를 줄줄 흘리며 탐닉하고 싶었던

극한의 감정들이 급작스럽게 훅 치고 들어와 순수함의 상실 또는
전신의 피가 모두 다 빠져나가 바짝 마른 좀비처럼 될 것 같았지만

그 순간을 견딜 수 있었던 건 너무나도 황홀하게 다가와 내게 천천히 안기던

찬란육리한 노을과 산등성이를 따라 끝없이 이어져
사막이 만들어낸 능선에서 선으로 출현한 청묘한 곡선이랄까

자연이 빚어낸 그 누구도 흉내 낼 수 없는 대단한 예술성에 취해

말라붙을 것 같았던 마음이 한순간에 피가 돌았다고 하면
당신들은 믿을 수 있을지
살아가면서 나타난 위태로운 균열이 별다른 탈 없이 기적처럼 메워질 때처럼

그곳은 경탄하지 않을 수 없었던 기억으로 내게 남았다

대파

대지 위 실핏줄 같은 뿌리를 마구 뻗어
그 누구에게도 굽히지 않을 자세로

파랗게 새파랗게 잎 잎들을 세워
냉기를 뚫고 솟아오른 시퍼런 칼날

솔바늘

뜯어진 군청색 바지 무릎 부분과 허리를
오전 5시부터 12시까지 쉬지 않고 바느질을 한다

1시간 2시간 3시간 4시간 5시간 6시간 7시간
시간이 지나가는 줄도 모른 채

솔바늘로 꼼꼼하게 꿰맨다

이레 전부터 장롱에 쌓아놓은 해진 옷들과
하나 둘 셋 넷 다섯 여섯 일곱

줄무늬 와이셔츠 소매와 가슴에서 떨어져 나간
백색 단추를 찾아 제자리에 달고 있다

바늘허리가 똑 부러질 때까지
바느질을 멈추지 않을 것처럼

방바닥에 늘어놓은 알록달록한 옷가지들을

저 숲속에서 맑은 바람 소리 귀에 들어오고
청량한 물줄기 뿌리를 통해 초록잎에 스며들 때까지

솔잎은 이어서 미색 자켓에서 떨어진
첫 번째 단추와 여러 개 단추를 쉼 없이 달고 있다

새파란 잎 위에서 번뜩이며 구르는 이슬을 꿸 것처럼

서글픈 회화

항구의 기억은 1이었던가 2 혹은 3 또는
ㅂㅅㄱㅁㄱ ㅂㅅㄱㅁㄱ였던가
그곳에 대한 지나간 시간은 하나였다가 둘이었다 셋도 넷도 아닌

다방 옆 행인 1이었던가 2 혹은 3 또는 배에서 막 하선한 이들일까
영도국밥집 앞 행인 4이었던가 5 혹은 6 또는 배에 승선한 이들인지

그저 뱃전 주변을 맴돌면서 한가롭게 날아오르는 괭이갈매기 무리처럼
무심하게 지나간 기억 1과 2 혹은 3 또는 ㅂㅅㄱㅁㄱ ㅂㅅㄱㅁㄱ를 불러내

저마다 짊어진 삶의 무게가 현재 상황과는 관계없다는 듯 사람들은
선술집으로 몰려가 얼룩진 식탁 주변에 둘러앉아
생선찌개에 소주를 마시면서

시끌벅적한 소리 귀에 꽂히는 포구에서 생선 배를 가르는 아낙네를 뒤로한 채
어린 시절 유원지에서 백마 등 위에 올라타 그 어딘가를 향해 달릴 것처럼

포구와 갈매기 술병과 술잔 온갖 생선 가시들을
가슴속에 박힌 채 살아간다고
삶 밖으로 떨어져 나간 감각들이 서글픈 회화처럼
우리들 머릿속을 찌를 때면

낯설고 혼란스럽게 다가온 그 외침들과
의미심장한 목소리를 즈려밟고서
추상적이고 흐느적거리던 정적인 공간을 서둘러 지우며

항구를 떠나온 시간들이

방파제 앞을 서성거리던 1이었던가 2 혹은
3 또는 ㅂㅅㄱㅁㄱㅂㅅㄱㅁㄱ였던가
눈에 막 들어온 항구와 갈매기 선술집과 뱃사람에 관한 기억들을

어금니로 콱 박아 넣을 것처럼 부산갈매기
ㅂㅅㄱㅁㄱㅂㅅㄱㅁㄱ를 천천히 부르다
물고기 파란 눈알을 닮은 1이었던가 2 혹은 3과 4 혹은 5와 6을 떠올렸다

딱새

담장 아래 회양목 옆에서
딱새가 운다

붉은 꼬리를 하르르 하르르 떨면서

가을이 온다고

누군가에게 속삭이고 싶은 걸까
히이 치치 히히 히히 낮게 지저귄다

칼국수를 불렀다

칼국수를 훌훌 씹어 삼키다 18시에서 17시로 되돌아간다
되돌아갔다고 생각했다 18시에서 17시로 돌아갈 수 있다고

−18시에서 17시

짬뽕을 훌훌 씹어 삼키다 13시에서 12시로 되돌아간다
되돌아갔다고 생각했다 13시에서 12시로 돌아갈 수 있다고

−13시에서 12시

라면을 훌훌 씹어삼키다 07시에서 06시로 되돌아간다
되돌아갔다고 생각했다 13시에서 12시로 돌아갈 수 있다고

−07시에서 06시

흘러간 저녁시간과 점심시간 아침시간을 모두 되돌릴 수 있다고
되돌렸다고 인지했다 생각은 시간을 되돌려 움식이게 한다

웃자란 눈썹을 쳐올려 보다 사유의 힘은 어디 어느 곳까지
얼마만큼 쭉 뻗어 나갈 수 있는 건지 눈으로 그 숫자를 세고 싶다

칼국수를 먹기 전 분위기는 어땠을까 먹기 전 시간을 그린다
낮고 작은 목소리로 18 17 13 12 07 06을 부른다 불러 세운다

에릭 샤티

그 어디에도 얽매이지 않고 반항을 꿈꾸었던
자유로운 영혼의 소유자였던 에릭 샤티는
그 자신이 카페에서 만난 어느 평론가에게
자신은 짐노페디스트라고 소개했다고 한다
그후 3개의 짐노페디란 제목으로 세 곡을 작곡했다
19세기에 태어나 전통이란 말에 의해 박제된 음악이 아닌
누구도 흉내낼 수 없는 혁신을 시도한 작곡가였던 까닭에
당시 어떤 피아니스트도 그의 곡을 연주하지 않았으므로
파리 교외 퀴퀴한 냄새 코를 찌르는 낡은 건물 3층에 혼자 살면서
생계 때문에 검은 고양이 카페에서 피아노 연주를 했다

규범에 대한 강한 반발감으로 인해
일반적인 클래식 기법들을 깡그리 무시한 채
이런저런 형식과 전통에 얽매이지 않고
시적으로 드러낸 표현이 도도하다고 할까
자신이 추구한 세계를 변함없이 지킨
그의 음악 세계는 요즘은 있는 듯 없는 듯한
독창적인 분위기로 뉴에이지의 선구자라는 소리를 듣게 됐지만
기 승 전 결 중 결이 없는 작곡가의 강한 의지는
낭만주의의 화려함에 반발 단순하고 반복적인 음으로
내면 깊은 곳에서 울리는 슬프고 비탄스런 톤에서도
간결함에 순백함이 더해져 번득이는 투명한 감각이 돋보인다

러시안인 디아길레프가 창단한 뤼스에서 초연된
모든 방면에서 탁월한 만능 예술가이자 시인인 장콕토와

큐비즘의 창시자인 화가 피카소의 무대의상과 협업한
발레 퍼레이드에서 그는 오케스트라의 음향을 넘어서서
알람 벨과 호루라기 공포탄 같은 일상에서 겪게 되는 소음과
기계음을 의도적으로 연출 도시적이며 시끄럽고 복잡한
대중적인 요소를 삽입 아방가르드를 선도했다
어디선지 모르게 시작했다가 어딘지 알 수 없는 부분에서
종결 없이 끝나게 되는 형식적 완결을 거부한 선율로
그의 곡은 감정적 긴장감을 풀지 않은 상태에서
가슴속 깊이 파고드는 풍부한 음색과 높은 품격으로
다이나믹한 음의 상승과 하강 대신 정적인 상태를 보여준다
청중에게는 반복과 여백 또는 느린 템포에서 끊어지지 않고 사용된
1번은 라장조와 라단조 2번은 다장조 3번은 가단조로 이뤄진 음계로
반복된 여백에 드러난 농밀한 음은 깊은 명상심을 일으킨다
귀를 기울이다 보면 잔잔한 환희에 젖어 벅찬 감격을 느끼게 되는
그의 피아노곡인 짐노페디는 고요함 자체로 우리 앞에 다가온다

*짐노페디스트: 고대 스파르타의 축제인 짐노페디아에서 나온 말로 벌거벗은
젊은이들이 신들을 찬미하며 춤추던 의식을 가르키는 말이다. 에릭 샤티가 자신을
소개할 때 작곡가 또는 피아니스트라는 말대신. 자칭 짐노페디스트라고 말했으며. 모든
구속에서 벗어난 "벌거벗은 소년"과 같은 자유로운 예술가로 해석됨.

천안 M 氏

천안에 사는 M 氏 할아버지에게는 아들이 둘 있다
큰아들은 뚱뚱하고 키가 작았으며
막내아들은 키가 몹시 컸고 몸이 날렵했다

뚱뚱하고 키가 작은 큰아들은 딸이 둘 있었다
큰딸은 식탐이 몹시 심해서 늘 먹을 걸 손에 쥐고 있다
작은딸은 통 음식을 먹으려고 하지 않아 고민이다

키가 몹시 크고 몸이 날씬한 작은 아들은
아들과 딸을 하나씩 두고 있다
아들은 평소 과묵했고 영화광에 독서광이었다
딸은 매우 수다스러웠으며
빨간색 옷을 입고 노란색 구두를 신는 걸 즐겼다

살면서 참을 수 있는 것과 참을 수 없는 건 무엇일까
오랫동안 천안에 거주하고 있는 M 氏는
자식들을 키우면서 견딜 수 있는 건 무엇이고
견딜 수 없는 건 무엇인지를 깨우쳐 알게 됐다

손자들 삶까지는 걱정하지 말자고

단순한 희화화

H를 시간이 그늘 속으로 밀어넣었다

그는 깊은 그늘이 삐걱거리는 소리를
어둠 속에서 얼결에 듣고 이 소리는 뭘까

어느 날 오전 10시 30분에서 11시 사이

그늘에 관해 할 말을 잃었던 것 같다
시간도 그에 관해 해야만 할 말을 잃은 걸까

벽 뒤에서 영검을 바라보다
10시 30분에서 11시를 받아들였다

침을 꿀꺽 삼키며 시간을 흔들어 30분 단위로

사내 앞에 급히 세운다면 시간은 울렁울렁
찰리 채플린처럼 희희덕거리며 출랑기릴까

보이지 않는 사물들을 30분 단위로 보려다
완전한 것과 완전치 못한 그 어떤 사이에서

어쩔 줄 모르고 그는 허둥거린다

가시적인 세계

도시가 거대한 빌딩 사이 비좁은 골목을 끼고
색과 향기 자동차 등 온갖 소음들을 뿜어낼 때

기념품 가게와 미희 꽃집과 미미 빵집 신문가판대는 영업 중이다

8월 무성한 플라타너스들이 그늘을 짙게 만들 때
길을 걷다 보면 사막에서 모래 위 새겼다 사라진 것 같은

해독 불가능한 괴상하고 기이한 기호처럼

지붕 장식과 발코니 쇼윈도 모자이크 유리창 등이 눈에 꽂힌다
이곳에 내리쬐는 햇빛은

종로에 드리워진 그늘 사이로 언뜻 무언가 일렁인다

10초 아니 15초 17초 정도 차이에
파랑과 노랑 빨강과 연녹색이 환영인지는 모르겠지만

파랑 노랑 빨강과 연녹색이 뒤섞인 현란한 움직임이
미세한 빛으로 내게 다가온 것 같다

그러다 카메라 렌즈에 드러난 빛과 색은 어떨까 싶어
한 대의 카메라가 아닌

공간을 통과한 뒤 보게 되는 시간의 결을 느끼기 위해

세운상가 계단을 밟고 올라 몇 대의 카메라를 설치한 뒤
빛과 색 그리고 시간을 천천히 들여다 보고 싶었다

가시적인 세계에 대해

뒤

빌딩이 보인다 빌딩 뒤 빌딩이 또 다른 빌딩이 보인다
연립이 보인다 연립 뒤 연립이 또 다른 연립이 보인다
다리가 보인다 다리 뒤 다리가 또 다른 다리가 보인다
고래가 보인다 고래 뒤 고래가 또 다른 고래가 보인다
담장이 보인다 담장 뒤 담장이 또 다른 담장이 보인다
나무가 보인다 나무 뒤 나무가 또 다른 나무가 보인다
장승이 보인다 장승 뒤 장승이 또 다른 장승이 보인다
마당이 보인다 마당 뒤 마당이 또 다른 마당이 보인다
기린이 보인다 기린 뒤 기린이 또 다른 기린이 보인다
구두가 보인다 구두 뒤 구두가 또 다른 구두가 보인다
나비가 보인다 나비 뒤 나비가 또 다른 나비가 보인다
뒤에는 빌딩과 연립 다리 고래 담장 나무 장승 마당이
기린과 구두 나비가 보인다 보인다 보인다 ㅋㅎ 보인다

원숭이 콧구멍

원숭이 1마리 그 콧구멍 안에
2마리 3마리 4마리가 보인다
1마리 원숭이 콧구멍 안에서 4마리 3마리 2마리가 나왔다

1마리 원숭이 귓속에서
22마리 33마리 44마리가 걸어 나왔다
1마리 원숭이 귓속에서 44마리 33마리 22마리가 튀어 나왔다

1마리 원숭이 입속에서
222마리 333마리 444마리가 나왔다
1마리 원숭이 입속에서 4444마리 3333마리 2222마리가 나왔다

어디서 울리는 북소리인지
곡소리인지 원숭이가 운다 꽥 꽥꽥 꽥
울음소리는 원숭이들을 사방팔방에서 마구 얽어매는 걸까

그곳에서 날아나고 싶어도 다리를 들이 올릴 수도 뺄 수도 없다
밤이 깊었는데 울음을 멈추지 않는다

遺失物 보관소

전철을 타고 성신여대 역에서 혜화역과 동대문역을 지나

유실물 보관소 건물이 세워진 충무로역 주변에서 하차

지나간 이미 과거가 되어 버린
미아역과 성신여대와 혜화역 아니 동대문역 사이

서쪽에서 불어오던 서풍과
동쪽에서 불어오던 동풍을
남쪽에서 불어오던 남풍과
북쪽에서 불어오던 북풍을 분실했던 기억에

유실물 보관소를 찾아가 몇 년 전 명동역에서
하차 중 두고 내린 동서남풍을 찾을 수 있겠냐고 물었더니

오래전 퍼덕거리며 지나간 바람 대신
나흘 동안 분실한 시간들을 우선 회수하는 건 어떨지 되묻는

뭉게구름 위에 올라탄 것 같은 보관소 직원의 친절한 응대에
그럼 최근에 분실한 날들부터 먼저 찾겠다고 했더니

잠깐 기다리라고 밝은 표정으로 말한 뒤
과거와 현재 물건들로 분류돼 보관된 널찍한 창고에 들어갔고

잠시 후 직원은 96시간을 내 손에 꼭 쥐어주었다
동서남풍도 곧 찾아서 연락하겠다고 한다

기대착시

이 순간 이 순간 이 순간 이 순간 이 순간 이 순간 이 순간 이 순간
이 순간 이 순간 이 순간 이 순간 이 순간 이 순간 이 순간 이 순간
이 순간 이 순간 이 순간 이 순간 이 순간 이 순간 이 순간 이 순간
이 순간 이 순간 이 순간 이 순간 이 순간 이 순간 이 순간 이 순간
이 순간 이 순간 이 순간 이 순간 이 순간 이 순간 이 순간 이 순간
이 순간 이 순간 이 순간 이 순간 이 순간 이 순간 이 순간 이 순간
이 순간 이 순간 이 순간 이 순간 이 순간 이 순간 이 순간 이 순간
이 순간 이 순간 이 순간 이 순간 이 순간 이 순간 이 순간 이 순간
이 순간 이 순간 이 순간 이 순간 이 순간 이 순간 이 순간 이 순간
지금 이 순간 하고 싶은 걸 하며 미루지 말고 살자 현재만을 위해
지나간 과거는 없고 오지 않은 미래 또한 없나니 오직 순간을 살자

깊은 사랑

알을 양발에 끼고 소중하게 품고 있는

동물원 땡볕 아래 타조야

너는 왜 웅크리고만 있니

태산처럼 움직이지 않고 굳건하게 버티고 선

네 사랑

새끼를 향한 마음에 울컥했다

아이를 다 키워서 나는 이렇게 자유로운데

너는 이제 막 시작이구나

발뒤꿈치 명왕성

발뒤꿈치에서 5월 14일 명왕성이 튀어나왔다
그러다 엄지발가락에서 직박구리 11마리가 나왔고
두 번째 발가락에서는 까막딱따구리 111마리 나왔다
세 번째 발가락에선 괭이갈매기 1111마리가 나왔고
네 번째 발가락에서는 수리부엉이 11111마리 나왔다
새끼발가락에선 흰뺨검둥오리 111111마리가 나왔고

손등에서 6월 11일 오후에 천왕성이 튀어나왔다
그러다 엄지손가락에서 작은주홍부전나비가 22마리가 나왔고
검지손가락에서는 돈무늬팔랑나비가 222마리 나왔다
중지손가락에선 여름어리표범나비가 2222마리가 나왔고
약지손가락에서는 부처사촌나비가 22222마리 나왔다
새끼손가락에선 큰점박이푸른부전나비가 222222가 나왔고

5월 14일 발뒤꿈치에서 명왕성이 튀어나온 뒤
엄지발가락에서 나온 직박구리 11마리는 빨강색으로
누 번째 발가락에서 나온 까막딱따구리 111마리 주횡색으로
세 번째 발가락에서 나온 괭이갈매기 1111마리는 노랑색으로
네 번째 발가락에서 나온 수리부엉이 11111마리 초록색으로
새끼발가락에서 나온 흰뺨검둥오리
111111마리는 파랑색으로 나타났다

6월 11일 손등에서 급작스럽게 천왕성이 튀어나온 오후에
주춤거리다 엄지손가락에서 작은주홍부전나비 22마리는 파랑색으로
두 번째 손가락에서 나온 돈무늬팔랑나비 222마리 빨강색으로

세 번째 손가락에선 나온 여름어리표범나비 2222마리는 노랑색으로
네 번째 손가락에서 나온 부처사촌나비 22222마리 주황색으로
새끼손가락에서 나온 큰점박이푸른부전나비
222222마리는 초록색으로 날아왔다

5월 14일 발뒤꿈치에서 명왕성이 튀어나온 뒤
엄지발가락에서 튀어나온 직박구리는 빨강으로 다가와 빨간맛으로 느꼈고
두 번째 발가락에서 나온 까막딱따구리는 주황으로 다가와 주황색 맛이었고
세 번째 발가락에서 튀어나온 괭이갈매기는
노랑으로 다가와 노랑맛으로 느꼈다
네 번째 발가락에서 나온 수리부엉이는 초록으로 다가와 초록맛으로 느꼈고
새끼발가락에서 튀어나온 흰뺨검둥오리는
파랑으로 나타나 파랑맛으로 느꼈다

6월 11일 손등에서 급작스럽게 천왕성이 튀어나온 오후에
주춤거리다 엄지손가락에서 작은주홍부전나비는
파랑으로 다가와 파랑맛으로 느꼈고
검지손가락에서 나온 돈무늬팔랑나비는 빨강으로 나타나 빨강맛으로 느꼈다
중지손가락에서 나온 여름어리표범나비는
노랑색으로 다가와 노랑맛으로 느꼈고
약지손가락에서 나온 부처사촌나비는 주황색으로 날아와
주황맛으로 느꼈다
새끼손가락에서 나온 큰점박이푸른부전나비는
초록색으로 다가와 초록맛이었다

발가락맛과 손가락맛은 모두 **빨**간맛과 주황맛 노랑맛과
초록맛 파랑맛으로 혓바닥을 감았다
다섯 가지 맛으로 다가온 그 맛들은 다른 색으로 바꿔
또 다른 맛을 느낄 순 없는 걸까
맛과 색에 대해 명왕성에서 튀어나와 천왕성까지 날아가며
맛과 색을 으으음 음미 해본다

보이지 않는 맛들이 갑자기 느껴진다면 다섯 가지 색깔 맛은
당신 안에 이미 들어와 있는 건 아닐까

African Tulip Tree

거대한 나무가 두두두두두두두두
기관단총 방아쇠를 당겨

꽃나무 탄창에서 속사로 튀어나온

무수한 꽃잎 총알들은
그 누구의 심장과 이마에 박혀도

피 칠갑을 만들지 않고
진한 향이 은은함을 내뿜는 까닭에

으 으음 고귀하다

새로운 대화

파란 자전거 뒤에서 소년 뒷모습을 본다
노란 자전거 뒤에서 소녀 뒷모습도
빨강 자전거 옆에서 할배 옆모습을 본다
녹색 자전거 옆에서 할매 옆모습도
파란 자전거 뒤 보이는 소년 뒷모습은 어떨까
노란 자전거 뒤 보이는 소녀 뒷모습 또한
빨강 자전거 뒤 보이는 할배 뒷모습은
녹색 자전거 뒤 보이는 할매 뒷모습은 어떨까

연못 주변을 걷던 중 손가락 다섯 개를
엄지 검지 중지 약지 소지를 차례대로 깨물었다
그러다 파란색과 노란색 빨강색과 녹색이
자전거 페달을 밟고서 달려온다
자전거가 파란색인지 노란색인지 빨강색인지 녹색인지

소년은 파란 자전거 안으로 들어가 파란색을 관조했고
소녀는 노란 자전거 속으로 들어가 노란색을 뜯어봤고
할배는 빨강색 자전거 안으로 들어가 빨강색을 관찰했고
할매는 녹색 자전거 속으로 들어가 녹색을 살펴봤다

소년과 파란자전거가 파란색으로 파랑에 대해 대화를
소녀와 노란자전거는 노란색으로 노랑에 대한 이야기
할배와 빨강자전거가 빨강색으로 빨강에 대해 대담을
할매와 녹색자전거가 녹색으로 녹색에 대한 이야기를 나눌 수 있을지
소년과 소녀 할배와 할매는 파란자전거 파란색과 노란자전거 노란색

빨강자전거 빨강색과 녹색자전거 녹색을 제대로 기억하고 있는지

언덕에서 급하게 내려오는 자전거를 세운 뒤 살펴봐야겠다

단순한 눈

미완성과 완성 사이에서 완성은 무아지경이란 늪에 빠져들어
맥주를 마시다 소주로 바꿔 마시며 ㅁ과 ㅇ 사이에서 헤매다
오렌지와 무등산 수박 사이에서 ㅁ과 ㅅ 사이 달콤함에 대해
갈매기와 물고기 사이에서 갈매기는 무엇이고 물고기는 뭘까
환각과 시각 사이 환각은 각이다 시각 역시 또 다른 각이라고
긴 도로를 터벅터벅 걸어다니다 후들거렸으며 너덜너덜해졌다
그러다 ㄷ과 ㅌ을 바라보다 삐끗했고 ㅎ과 ㄱ을 향해 어긋났다
맥주를 벌컥벌컥 마시다 소주로 바꿔 거실에서 홀짝홀짝거리다
ㅇ과 ㅁ 사이 달콤함에 대해 폭식과 단식 사이 윽 어쩌지 못해
갈매기는 무엇이고 물고기는 뭘까 결론을 내리지 못한 채 음음
거스러미와 묵묵히 사이 초록과 파랑 사이에서 어디로 가야 할까
터벅터벅과 터덜터덜 후들후들과 너덜너덜 사이 멍하니 서 있는
전화기와 귓바퀴 사이 핸드폰을 놓지 못한 여자는 앵초와 닮았다

홍보용 광고

이익이 목적인 회사 홍보는 대부분 거짓이다
고객들에게 자사 제품이 정말 좋다고

단점은 쏙 뺀 채
장점 같지 않은 장점을 늘어놓으며

제품 광고를 한다 중앙으로 들어오지 못하고

변두리에서만 맴도는 삼류 예술가처럼
자신이 내뱉는 거짓말이 거짓인 사실 자체도 잊고

오늘도 그는 천연덕스럽게 제품 홍보를 하고 있다

물건을 팔기 위해선 그 어떤 무엇도 해낼 수 있다는
강한 의지와 함께

2

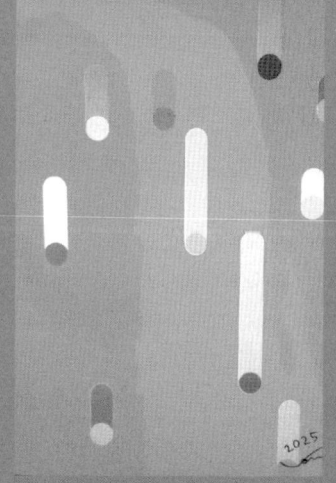

상상력은 나흘 전에 왔다

어느 날 눈사람이 배달됐다 이레 전에는 소나기가 배달되었고
어느 날 구절초가 배달됐다 엿새 전에는 물보라가 배달됐고
어느 날 키카페가 배달됐다 닷새 전에는 갯버들이 배달되었고
어느 날 복숭아가 배달됐다 나흘 전에는 콩비지가 배달됐고
어느 날 토스터가 배달됐다 사흘 전에는 달팽이가 배달되었고
어느 날 목도리가 배달됐다 이틀 전에는 푸른콩이 배달됐고
어느 날 목장길이 배달됐다 오늘은 온실용식물들이 배달되었고
어느 날 눈사람이 갑자기 왔고 소나기는 7일 전에 도착했으며
어느 날 구절초가 갑자기 왔고 물보라는 6일 전에 도착했으며
어느 날 키카페가 갑자기 왔고 갯버들은 5일 전에 도착했고
어느 날 복숭아가 갑자기 왔고 콩비지는 4일 전에 도착했으며
어느 날 토스터가 갑자기 왔고 달팽이는 3일 전에 도착했고
어느 날 목도리가 갑자기 왔고 푸른콩은 2일 전에 도착했으며
어느 날 목장길이 갑자기 왔고 온실용식물들은 오늘 도착했다
그것들은 언제든 네 생각에 의해서 왔다 바로 사라지기도 한다

어떤 형식에 관해

포도나무가 걸어온다 두두두 빠르게 뛰어서 온다
ㅍㄷㄴㅁ가 뿌리를 뽑아 들고 가지를 자른 뒤에
청포도가 온다 나를 향해 아니 너를 향해서 뛴다
한여름 빛을 천지사방에 마구 흩뿌리면서 다가온다
포도나무에서 떨어진 포도알은 도로를 굴러서 온다
우다다다다다 우다다다 ㅇㄷㅇㄷㄷ ㅇㄷㄷ 구른다
청포도가 오고 있다 너와 내가 아닌 원두막을 향해
포도나무가 온다 나와 너가 아닌 건너편 벽을 향해
ㅍㄷ라고 부르면 ㅍ 프 ㅍ 프 ㅍ 프 거리면서
단물을 질질 바닥에 흘리면서 ㅍ 프 ㅍ 프 ㅍ 프 ㅍ
숨을 내뱉으며 걷다가 뛰다 포도알이 구슬 돼 구른다
말은 한마디도 하지 않고 ㅍ 프 ㅍ 프   ㅍ 걸어온다

세부 바다

바다를 본다 바다를 본다는 생각도 없이 바다를 본다
녹색 아가미를 지닌 은빛 비늘 물고기가 다가온 것처럼
바다에 눈길이 머문다 바다를 들여다본다 바다를 향해
바다를 향한 생각을 걷어 들이지 못한 채 바다를 본다
탐스럽게 구불거리는 백인 여자 머릿결처럼 해뜩발긋한
바다를 본다 바다를 바라본다 파랗다 새파란 바다다
바다에 대한 사유를 멈출 수 없어 바다를 들여다본다
그 어떤 비밀을 내게 털어놓을 것처럼 천천히 다가온
파랗다 파랑으로 파랗게 출렁이는 바다에 사로잡혀서
바다를 본다 바다를 바라본다 바다를 본다 새파란 바다
검푸르게 빛을 발하는 바다를 향한 눈길을 거둘 수 없다
지루함과 평범함을 날려버린 파랑 그 자체인 바다를 본다

잭팟

무언가 쾅하고 터졌다
무엇이 터진 걸까
왜? 어떤 이유로 인해
하늘나라 슬롯 머신은
그들이 전혀
의식하지도 못한 상태에서
펑 펑 펑 펑 펑 펑 펑
네게 잭팟을 터트리려는 걸까
아니 주변에서 터지고 있다

불완전한 피자

피자피자피자피자피자피자피지피자 하면서
치킨치킨치킨치킨치킨치킨치킨치킨 하면서

성운성운성운성운성운성운성운 하면서
하품하품하품하품하품하품하품 하면서
성단성단성단성단성단성단성단성단 하면서

그는 피자피자라고 말할 때마다 시를 쓴다
그는 치킨치킨이라고 말할 때면 시를 쓴다
그는 성운성운이라고 말할 때면 시를 쓴다

그는 하품하품이라고 말할 때면 시를 쓴다
그는 성단성단이라고 말할 때면 시를 쓴다

피자라고 말하지 못하면 시를 쓸 수가 없다
치킨이라고 말하지 못하면 시를 쓸 수 없다
성운이라고 말하지 못하면 시를 쓸 수 없다
하품이라고 말하지 못하면 시를 쓸 수 없다
성단이라고 말하지 못하면 시를 쓸 수 없다

그는 늘 피자와 치킨 성운과 하품 성단을
앞에 놓고 앉아서 마음이 살랑이는 소리에
귀를 기울인 뒤 지루하지 않게 그것들을
마구 풀어놓고서 시를 쓴다 쓸 수밖에 없다

은밀한 결탁

물고기 지느러미를 바라보다 고양이 꼬리를 씹어 삼키려다 말았더니
호수에선 붕어 몇 마리와 송사리떼가 헤엄치고 있었지

암수 고양이 한 쌍이 대로를 걸어가다 오른쪽으로 방향을 휙 틀어서
건물 옆 좁은 길로 들어서려는 뒷모습에

순간 꼬리만 보였지 검정 꼬리를 바라보다
그곳에 서 있는 오동나무를 봤지
생을 증명이라도 할 것처럼 나무는 그곳에 서 있었지

외롭다고 할까 아니 잘 견디고 있는
그 모습은 고독을 모르는 것 같았지만
왠지 모르게 나무들 이름을 눈에 보이는 대로 부르고 싶었지

그 어떤 이유도 없이 그냥 버즘나무 후박나무
자목련 느티나무 박달나무
견디기 힘들었던 이상기후라고 할 수밖에 없는 무더위를 보내면서

그러다 멈춰지지 않는 정념으로 인해
앵두나무와 살구나무 복사나무도 불렀지
허공과 허공 사이를 파고들 듯 나무들은 내 안으로 걸어 들어왔었지

몇 마리 새들과 여러 마리 나비들이 날아드는 것은 시간문제라고 생각했다
쇠박새와 오목눈이 직박구리 먹부전나비와 들신선나비
호랑나비를 기다리며

소속이 없는 자목련과 느티나무 들신선나비와
호랑나비도 다가오길 기다렸지
이 땅에선 팔 벌려 모두 다 받아들이겠다고

황도12궁

눈을 감았더니 게자리 물병자리 황소자리 양자리 물고기자리
0.8초 만에 어떻게 네가 그것들을 볼 수 있었는지 모르겠다
다시 눈을 감았더니 쌍둥이자리 염소자리 천칭자리 궁수자리
0.5초 만에 어떻게 네가 그것들을 볼 수 있었는지 모르겠다
또다시 눈을 감았더니 전갈자리 처녀자리 사자자리가 보인다
0.7초 만에 어떻게 네가 그것들을 볼 수 있었는지 모르겠다
수백만 개에서 수를 셀 수도 없을 정도로 존재하는 별들을
눈을 감게 되면 보이는 수많은 별자리들은 헤아릴 수가 없다

황금빛 비행

솟구쳐 날아오르는 호반새 날개 뒤 볕기를
무표정한 흰눈썹황금새 황금색 가슴속에다
혹은 뾰족한 부리 옆에 감춰둔 걸까
볕살을 찾기 위해 눈을 반짝이며 살펴봤지만
날개 뒤와 부리 옆 아님 풀잎들 흔들림 사이
빛을 느낄 수 없고 그림자도 찾을 수 없어
몸이 붉은 호반새와 흰눈썹황금새 비행한 하늘과
바람에 강아지풀 일렁이는 소리만 들었다

길냥이 마트

새우깡을 사러 나갔더니 마트 앞에 앉아 고양이가 졸고 있다
줄무늬 고양이 두 마리다 한 마리는 어미 다른 고양인 새끼다
고양이가 나를 보고서도 피하지 않고 빤히 쳐다보며 서 있다
길마트 주인 아주머니는 언젠가부터 가게 앞에 항상 앉아 있어
길냥이가 아닌 집에서 기르는 애완견처럼 자신들을 보게 되면
졸졸 따라다니면서 반긴다고 한다
그러다 보니 먹이를 주게 됐고
길냥이가 아닌 마트 고양이가 어느 순간 되고 말았으며
처음엔 임신해서 배가 불룩한 고양이를 내치지 못해
그저 그냥 그 자리에 놔두다 보니
냥이가 좋아하는 먹이를 챙기게 됐다고
1번 2번 3번 4번 5번 하루 이틀 사흘 나흘 먹이게 된 뒤부터는
이젠 늘 챙기는 일과가 되었다고
먹이를 주면서 어미가 새끼에게
사료를 먼저 먹이려고 뒤로 물러서서 새끼가 먹는 모습을
한참 동안 지켜서서 바라보는 모습도 자주 보게 된다고
짐승도 새끼에게 저렇게까지 하는데
인간들 중엔 저 고양이만도 못한 것들이 많다는 생각을 하게 됐다고
아비가 자식을 마구 때리고 어미가 학대하는 뉴스를 보게 되면
에라 이 길거리를 떠도는 길냥이만도 못한 것들 같으니
에효 에에 에 비명과 절규도 아닌 앓는 소리가
일순간 절로저절로 튀어나오는 것 같다
냉장고에서 사과를 꺼내 새우깡과 뒤섞어 씹어먹다 문득 으으으응
고양이 2마리가 문 앞에서 우는 소리를 들은 것도 같고
아닌 것도 같은

그런 저녁을 지나 어두컴컴한 밤에
마트 고양이 2마리 생각은 그만 접고
문득 또 다른 백색 냥이가 떠올라 문밖으로 나가보려다
거실 소파에 앉아 차가운 맥주를 벌컥벌컥 마신다

고봉밥

눈송이 송이송이
ㅅㅇㅅㅇ 눈

눈송이 눈 눈 눈

함박눈이다
ㅅㅇㅅㅇ 눈 눈 눈

밥그릇에 쌓이면
흰 눈송이는

고봉밥이다

白馬는 없다

黑馬 1마리 2마리 3마리 4마리 5마리 6마리가 房으로 들어왔다
진입한다는 소리도 하지 않고 갑자기 들어온 뒤 나갈 생각을 않고
침실 한쪽 푸른빛을 발하는 스탠드가 놓인 테이블 앞에서 서성인다
白馬 1마리 2마리 3마리 4마리 5마리 6마리가 내 房으로 들어왔다
주인에게 돌입한다는 소리도 하지 않고 훅 들어온 內庭突入이랄까
침실 구석 붉은빛을 발하는 스탠드가 놓인 테이블 앞에서 서성인다
黑馬 1마리 2마리 3마리 4마리 5마리 6마리 큰 눈알 속으로 房이
白馬 1마리 2마리 3마리 4마리 5마리 6마리 큰 눈알 속으로 房이
흑마와 백마 눈알 속으로 불쑥 들어간 房이 나올 생각을 않고 있다
백마와 흑마 그 큰 눈알에 구멍을 내 房을 나오게 해야만 하는 걸까
방을 어느 순간 쭉 찢어 틈을 만들게 되면 1마리 2마리 3마리 4마리
5마리 6마리 백마와 흑마 차례대로 房을 나와서 제 자리를 찾을 건지
푸른빛을 발하는 스탠드가 놓인 테이블 앞에서 서성여 혼란스러웠다
나 자신을 책망하다 어두운 곳을 밀어낼 것만 같은 빛이 다가오고 있다
백마와 흑마에게 눈길을 건네다 스탠드 불빛 아래 말은 없다고 느꼈다

posthuman

인간 이후의 인간인 posthuman에서
무엇도 그 무엇도 아닌 건 무엇인지
흐드득 키드득 키키 키득키드득 거리면서
transhuman, artificial, artificial inteligence
사이보그 신경망을 통해 인공적인 것들이
검푸르게 보이기도 하고
샛노랗게 스쳐 지나가기도 하면서
울울한 참나무 옆을 서성이다 보면
귤빛부전나비 오후에 움직이는 것이 보인다
오래전 기억일까 그 기억들을 조작한 건지
부산스럽게 숲을 헤집고 날아서 움직이는
나비 5마리 6마리 7마리 11마리에서
artificial life, cyborg,
무엇도 그 무엇도 아닌 것들이 키들 키키들
극한에 봉착한 인간이
기계들 힘을 이용해 그 한계를 넘어서려는
그렇게 그날은 오후 17시에서 20시까지
인간 이후의 인간인 posthuman을 맴돌다
차가운 감성을 맛보며 시간을 보냈다
앞으로도 감흥을 느낄 수 있을진
예측불가라고 할 수밖에 없다

삶

앞뒤로 뒤집어 익히는 부침개
급작스럽게 접시 위에 올려지듯

뜨거운 열기에 빙빙 빙빙빙 돌다
갑자기 튀겨져 나오는 뻥튀기처럼

어떤 순간 삶은 급발진으로 다가온다

선지자

새카만 암흑 성운인지 밝게 빛나는 발광성운인지
절명과 절망을 구분하지 못하는
몇 마리 오리 새끼처럼 호숫가에서 삐약 삐약삐삐 삐약거리다

순간 앵무새와 청동오리가 구분이 잘 되지 않은 상태에서
그는 앵무새와 청동오리 등에다 매끈매끈한 콩기름을 칠했다

닷새 전 누군가 부르는 소리에 옆집 할머니인지
할아버지인지 분별이 되지 않아
할아버지 광대뼈에 들기름을 듬뿍 바르려다 말았다

나흘 전 옆집 여자가 네게 다가올 때
어느 날 집을 나가 떠돌아다니다 사라져버린
앞집 여자 혹은 남자인지 구분이 되지 않은 연유로

여자 갈비뼈에 기름을 칠할 것인지 망설이다
남자 갈비뼈에 참기름을 잔뜩 발랐다

사흘 전 앞집 아이가 걸어올 때 옆집 사내아이인지
앞집 계집아이인지 바로 알아보지 못한 채 일찍 집으로 돌아가라고 말한 뒤

계집아이를 낮은 소리로 불러 올리브유를 바르려다 말고
사내아이 발등에만 발랐다

붓을 쥔 채 동네를 돌아다니며 청동오리와 앵무새

할아버지 광대뼈와 할머니 갈비뼈에
콩기름과 들기름 참기름과 올리브유를 몸에 들붓지도 못하고

별생각 없이 그저 기름칠을 마치기 위해 거리를 나다니다 보니

몸이 지친 걸까 일상생활엔 고귀함이나 장엄함
그런 것들은 오래전 사라졌다

이제 주변에선 웃음을 볼 수가 없다
기름때에 절어 경쾌한 걸음걸이가 사라진 까닭에
그는 여전히 자신이 왜 사람들과
앵무새와 청동오리에게 다가가 기름을 바르는 연유를

어떤 의문을 품지도 않고 기름통과 붓을 쥔 채로 오늘도 거리를 다닌다
환한 대낮에도 세상이 어둡다면서 등불을 켜서 들고 다니던
오래전 이 땅에 온 사내처럼

그도 고향 땅에선 철저히 외면을 당했다

자유 연상법

귀 주변에서 변산바람꽃과 보라색 노루귀가 피고
쇠빛부전나비와 호랑나비 애호랑나비 날아들고

코 주변에서 벚꽃과 노란 유채꽃들이 핀다
갈구리나비와 봄처녀나비 푸른부전나비 날고

다리 주변에서 매화꽃과 산수유와 자목련꽃이 피고
참새와 멧비둘기 직박구리와 때까치 날아든다

눈 주변에서 개나리와 진달래 생강나무꽃이 핀다
동박새와 어치 곤줄박이와 황조롱이 날고

왼쪽 눈꺼풀 주변에서 무수히 많은 꽃들 피어나고
오른쪽 눈꺼풀 주변에도 수많은 나비들 날아다닌다

나비와 꽃 새들이 귀와 코 그리고 눈과 다리 옆에
꽃들은 무리를 지어 피고 나비는 팔랑팔랑 날고 새들은 지저권다

눈을 감으면 그 어떤 긴장감도 없이 마구 떠다닌다

金旺之節

은행나무가 온몸을 뜯어서 퉁기는
갈마바람에 실려 온 가야금 소리

ㄸ ㄸ ㄷ ㄷ 뚜 두 다당 뚜 다당
허공을 황금색 공연장으로 만들었다

환상적인 우주

씹어먹을 수 있는 문장과 일용할 양식으로 쓸 수 없는 문맥 사이
기억 속 사라진 일백일흔일곱 채 퀴퀴한 소금창고 같은 집을 닮은
메뚜기 12마리 13마리 14마리 55마리 116마리가 날아갈 때
그 집에서 가족들과 복닥거리며 살았던 시절을 그리워하며
바로 집어 먹을 수 있는 문맥과 먹을 수 없는 맥락 사이에서
열망으로 뭉쳐진 척력을 억누르며 격하게 슬프다고 말했다
그 시절은 비루함이며 곤궁했다고 여러 감정을 표현할 때
가슴속에서 메뚜기 1마리 7마리 8마리 메뚜기들이 날아간다
다시는 만날 수 있을 것 같지 않은 친구와 기차역에서 이별하며
주머니 속에 넣을 수 있는 메뚜기 2마리 3마리 5마리 11마리
이내 씹어 삼킬 수 없었던 땅강아지 1마리 7마리 8마리를 떠올렸고
기차역에서 눈물을 글썽이며 하나의 이별은 죽음을 닮았다고
메뚜기 2마리와 땅강아지 1마리 메뚜기 3마리와 땅강아지 7마리 사이
1111시간 함께 했던 인간적인 너무나도 인간다운 너와 나를 불러 세워
우리 마음을 움직였던 진저리나는 논쟁이 아닌 그와 나눴던 친밀감이랄까
메뚜기 3마리와 8마리 사이 땅강아지 4마리와 9마리 또는 10마리 사이
오래전 집을 떠난 친구를 그리워하다 0.0013초만에 마음속에 나타난
메뚜기와 땅강아지를 구분하는 일은 갈등 상황이라고 말할 수 있다
그것들은 도심에서 전등불을 켤 때쯤이면 늘 무엇인가 부족하다고
이 모든 것들을 좁은 의미의 친밀감 혹은 유대감으로 극복해야 한다며
윙윙 윙 윙윙 메뚜기가 날갯짓으로 자신을 나타내고 있는 것 같다면서
땅거미와 함께 온 먹을 수 있는 것과 식용이 될 수 없는 차이에서
지상에 존재하는 것들은 네 마음속에선 크나큰 그리움이고
치기로 가득한 오만이며
오고 가면서 이어진 인연과 우연을 통해 우연이 아닌 필연으로 나타난

이런저런 욕망이 숨김없이 마구 드러난 서운한 감정이며 부끄러움인 까닭에
후각적인 것에서 청각적 영혼과 촉각적인 세계를 지나
안착하게 되는 환상적 사유랄까
여러 갈래로 이어진 오감을 한곳으로 모아 공허함 뒤
빛바랜 온갖 그리움을 발아래 밟고
그대와 정면으로 마주한 채 삶 밖으로 과감히 걸어 나가
정원에 서 있는 흰 조각상과
낡은 장난감을 발로 툭 툭 차면서 대기 속에서 서늘하게
빛을 발하는 우주와 마주한다
그곳은 수많은 사물들이 툭 치면 쓰러질 것 같지만
주천연지 연꽃잎 위 내리는 빗줄기처럼
혹은 별밤에 쏟아져 내리는 유성우같이
매우 휘황한 빛을 닮은 목소리로 나를 부르는 까닭에
발작적인 마음속 광기를 접고 아아 우우 아아앙 아아아아아
절대적인 소리에 귀를 기울인다

자영업자

미인 화장품 가게 셔터가 내려졌다
정 씨 이불집 가게 문도 닫혔고
영산홍 옷가게 셔터가 내려졌다
백 씨 칼국수 가게문도 닫혔고
떡볶이 할머니 셔터가 내려졌다
마산 아구찜 가게 문도 닫혔다

셔터문을 내린 점포들이 눈에 띈다
80년대 고도성장을 이끌었던

시절이 빠르게 지나갔음을 느낀다
물가만 천정부지로 올라가고
매출은 늘지 않는 그런 현실에
셔터가 내려진 가게들을 바라보며
그저 씁쓸하다고 할까 마음만 무겁다

고립무원

30년 전 2월 5일에 잊었던 기억이 7일 전 찾아왔다
30년 전 3월 4일에 흐려진 생각이 6일 전에 왔다
30년 전 4월 3일에 몽롱한 추억도 슬그머니 다가왔다

20년 전 5월 5일에 아득한 회상이 3일 전 찾아왔다
20년 전 6월 2일에 막막한 면억이 4일 전에 왔다
20년 전 7월 7일에 은연한 추념이 갑자기 다가왔다

10년 전 8월 8일에 희미한 회고가 10일 전 찾아왔다
10년 전 9월 1일에 답답한 추상이 5일 전에 왔다
10년 전 11월 6일에 잊었던 관념이 3시간 전 다가왔다

30년 전 2월과 3월 4월은 날씨가 흐렸던 것만 기억나고
20년 전 5월과 6월 8월은 종일 비가 내린건만 떠오르고
10년 전 8월과 9월 11월은 햇볕이 쨍했던 건만 기억난다

다른 모든 기억들은 어디에 내던진 걸까 대부분 사라졌다
요양병원에 통나무처럼 누워 생각이 흐릿하게만 보이는 이들
저들에겐 기억과 추억 관련된 일은 과거 일부에만 머물러 있다

숭고함에 대한 자각

목련나무 꽃폭탄 앞에 서 있다
펑 펑 펑 잇달아 터져서

벌린 입을 다물 수 없다

또 다른 꽃폭탄 옆에 서 있다
꽃잎 폭탄은 언제쯤 다시 터질까

나무 곁에 서 있었지만 알 수 없다
예기치 않은 순간

병사가 투척한 수류탄처럼

펑 펑 펑 터지게 될 꽃잎 폭탄을
자목련나무 아래서 기다린다

상호 공감

검다 검붉다 검정색이다 까맣색이다 까맣다 새카맣다
검정색을 처음 본 지리산팔랑나비가 느낀 감정은

검다 하니까 컹컹 ㅋㅋ 개가 짖었고

노랗다 노르스름하다 노란색이다 샛노랗다 누런색이다
노란색을 처음 본 호랑지빠귀가 받은 느낌은

노랗다고 하니 컹컹컹 ㅋㅋㅋ 개가 짖었으며

파랗다 파르스름하다 파란색이다 새파랗다 푸르스름하다
파란색을 처음 본 장수풍뎅이 감정은

파랗다고 하니 컹컹컹컹 ㅋㅋㅋㅋ 개가 짖었으며

빨갛다 불그죽죽하다 붉은색이다 빨간색이다 발그스름하다
빨간색을 처음 본 쑬색녕수박성벌네 느낌

빨갛다고 말하니 컹컹컹컹컹 ㅋㅋㅋㅋㅋ 개가 짖어댄다

검다 하니까 개가 짖었고 노랗다고 하니 개가 짖었으며
파랗다 하니 개가 짖었고 빨갛다고 말하니 개가 짖어댄다

그는 그저 개 짖는 소리만 들었다고 내게 말했던 걸 기억한다
주변인들이 어떤 말을 해도 그의 귀에는 멍멍멍으로 들렸다

진지한 질문

바글바글 비글비글 바글바글 비글비글 바글바글 비글

시간을 냄비에 넣고 끓이다
일순간에 대해 찐하게 말했다

바글바글 비글비글 바글바글 바글바글 비글비글 바글

냄비에서 1시간 2시간 3시간 4시간 ㅂㄱㅂㄱㅂㄱㅂㄱ
계속 끓이다 가스랜지에 흘러넘쳤던 홍건함을 행주로 훔치며

그러다 몸속에서 10분 20분 30분 40분 50분 끓어오르는 힘은

바글바글 비글비글 바글바글 바글바글 이렇게 오는 걸까
아니면 ㅂㄱㅂㄱㅂㄱㅂㄱ 이런 형태로 오는 건지

바글바글 비글비글 바글바글 바글바글 이렇게 오지도 않고
ㅂㄱㅂㄱㅂㄱㅂㄱ ㅂㄱㅂㄱㅂㄱㅂㄱ 이런 식으로 오지도 않아

순간에 대해 진하게 말하는 걸 숙고하다
시간을 냄비에 넣고 여전히 끓일 수밖에 없어

몸 밖 정원에서 불을 피워 60분 70분 80분에 110분을 더 끓이며
ㅂㄱㅂㄱㅂㄱㅂㄱ과 바글바글 비글비글 바글바글

과연 천지개벽할 때처럼 시간이 졸아들 그 순간이 다가올까

아니면 시뻘건 불꽃으로 타올라 한순간에 재로 프르르 날릴 것인지

그 자리에 선 채로 지켜보기로 한다

雪光

눈(雪) 내려 발아래 쌓인다
눈빛(眼) 번득이며 눈을 바라보다

눈(雪)이 발하는 송곳같은 빛으로 인해

일순간 눈(眼)이 찔려

순간 캄캄한 어둠이 찾아왔지만

눈(雪)으로 인해 다시 밝아진
눈길 위 자박자박 걸어서

북풍이 얼굴을 때리는 희붐한 새벽에
잔기침 내뱉으며 먼 길을 간다

눈빛이(雪) 아니라면 눈빛(眼)이라도 밝혀
반드시 가야만 하는 논산행 入隊 길이었기에

3

편협한 일상

아파트 11층에서 문을 꽉 닫았다 밖으로 나가지 않겠다면서
아파트 10층에서 문을 꽉 닫았다 밖으로 나가지 않겠다고
아파트 14층에서 문을 꽉 닫았다 밖으로 나가지 않겠다면서
아파트 21층에서 문을 꽉 닫았다 밖으로 나가지 않겠다고
아파트 17층에서 문을 꽉 닫았다 밖으로 나가지 않겠다면서

그러다 11층에서 닫았던 문을 열고 30분도 되지 않아 나왔다
그러다 10층에서 닫았던 문을 열고 40분도 되지 않아
그러다 14층에서 닫았던 문을 열고 20분도 되지 않아 나왔다
그러다 21층에서 닫았던 문을 열고 35분도 되지 않아
그러다 17층에서 닫았던 문을 열고 15분도 되지 않아 나왔다

11층과 10층은 10분 차이 14층과 21층은 15분 차이로 나왔다
17층은 11층과 10층 14층과 21층을 비교해 보다 누구보다도 빠르게
방 안에서 뛰쳐나오지 못해 안달인 인간들처럼 서로를 밀어내면서

이것저것 따지시 않고 나가겠다는 건지 아줌마와 이지씨 이기씨와
윗집 총각들처럼 묻지도 따지지도 않고 그냥 됐다고 말을 마친 뒤

17층은 11층과 10층 14층 21층은 없다면서 사라지지 않는 것들은
세상에 없다고 단언한 뒤 미끌거리며 다가온 나약한 존재인 인간들에게
삽시간에 무언가를 내뱉거나 빨아들일 것 같은 자세로 과감하게 말한다
세상은 편협하다고

속눈썹

속눈썹에서 낙타 116마리가 걸어 나왔고
그 눈물에서 흑염소 611마리가 튀어 나왔다
속눈썹에서 바다를 향해 서 있던 등대를 끼고 돌아
그 눈물에서 은빛 갈치가 126마리가 나온 뒤
다시 126마리가 나왔고 또다시 126마리가 나왔으며
속눈썹에서 들개 115마리가 우루루 달려 나왔다
그 눈물에서 강물이 푸르른 강물이 흘러나왔고
다시 1711개 강이 푸르른 강물이 7111개가 나왔으며
속눈썹에서 어슬렁거리던 사자자리가 나왔고
그 눈물에서 이리저리 돌아다니던 별자리들이 나와
눈을 질끈 감았던 짧은 시간이었지만 마구 뛰어다닌다

초록색 도깨비

초록색 둥근 모자가 하늘을 날아다니며
50년 전통에 빛나는 재래시장과

그 옆과 뒤 회색 건물과 노란색 건물 위
여중생과 남중생 머리 위를 빠르게 지나

등나무와 작살나무 이팝나무 사이로
모자를 살짝 기울여서 휘이잉 날아다니다

그날은 숨이 매우 가빴던 걸까
사위질빵에 앉았다 오리나무로 옮겨 앉아

자신이 가장 좋아하는 물레새 울음소리를
숲에서 오랜 시간 귀 기울여 듣다

옷장으로 돌아와 다시 외출할 날을 기다린다

음험한 빛

강한 빛이 그늘나비와 호랑나비 날개를 때린다
햇빛이 해오라기와 동박새 날개도 ////

세찬 빗줄기가 노랑나비와 흰나비 날개를 때린다
햇빛이 크낙새와 산비둘기 날개도 ////

빛에 노출된 그늘나비와 호랑나비 날개 뒤 숨은
햇빛에 노출된 해오라기와 동박새 날개 뒤 ///

빛에 노출된 노랑나비와 흰나비 날개 뒤 숨은
햇빛에 노출된 크낙새와 산비둘기 날개 뒤 ///

무차별적으로 적을 향해 쏴대는 기관단총처럼
햇빛과 드센 빗줄기 ///// 날개를 때리는 걸 바라보다

햇빛과 빗줄기엔 ///// 음험한 광기가 배어 있는 걸까
노란색과 흰색 검정색이 뒤섞인 환상이 얼핏 보여

그 순간 화들짝 놀라 걸음을 뒤로 물러섰었다

사유의 방

국립박물관 안 혹은 미술관 안이었던가
북적거리던 사람들은 다 어디로 가고

홀로 텅 빈 중심에 서 있었다

사유의 방이라 불리는 이곳은 고요하다
아니 내 마음과 몸이 고요함이란

문을 쓰윽 밀고 들어선 걸까

이리저리 돌아다니다
시간이 그저 편안하게 흘러가는 걸

주변인들과 역사 속 인물들을
지켜볼 수 있어 즐거웠다

그 자리에선 그 어떤 결정도
시간에 쫓기며 할 필요가 없었던 까닭에

진지한 회합

그는 사흘 전 아침에 집을 나와 서울역에서 기차에 올랐다
그리고 처음 본 낯선 곳에서 무조건 하차했다

역 부근 백반집에서 1식 5찬으로 나온 식단에 감사하며
김이 올라오는 따끈한 점심밥을 맛있게 먹었다

몇 통의 전화가 왔지만 받지 않고 바로 무시했다
다시 또다시 연거푸 걸려왔지만 무음으로 전환한 뒤

식사 후 거리로 나와 오래전 폐관한 무도장과 영화관을 지나쳤고
저녁 무렵 불빛이 반짝이는 레스토랑 2층 계단을 올라갔다

특별한 음식이 나온 건 아니지만 실내 장식이 은은한 의자에 앉아
주문한 비프스테이크를 천천히 나이프로 썰어 입에 넣었다

그러던 중 몇 몇 사람들이 저녁 식사를 위해 식당으로 들어왔다
창가 진녹색 담쟁이덩굴이 쉼없이 붉은 벽돌 담장을 타고 오르는

저녁 잔상이 비치는 자리에 남자 둘과 여자가 자리를 잡고 앉았다
셋은 그다지 즐거워 보이는 표정이 아니었고

얼굴에 긴장감이 감도는 것이 무언가 긴한 이야기를 나누는 것 같았다
답답함과 달달함 달콤함도 아닌 살벌함에 가까운 논쟁을 벌이는 듯

10여 미터 떨어진 자리에서 지켜본 그들 모습은 어둠이 밀려드는 자리에

나만 혼자 환한 자리에 앉아 있는 느낌이었다

휴가

해변에서 반짝반짝 빛나는
조개껍질을 잃어버린
여자가 맥주병을 밟았다
그 뒤엔 그녀에게
따가운 눈총을 받는 사내가
진파랑 샌들을 신고 있다
그러다 둘은 백사장에 벌렁 누워
파도를 종일토록 바라본다

신묘한 열쇠

거실 탁자에 셋 침실 경대 위 두 개가 올려진
다섯 개 꽃병에 꽃을 꽂았다
봄에는 진달래 개나리 목련과 라일락 산수유에 핀
꽃을 꺾어 봄을 나타냈고

여름에는 무궁화 배롱나무 백일홍 자귀나무 접시꽃
꽃을 꺾어 여름을 표현했으며
가을에는 누리장나무 마가목 산사나무 금목서
꽃을 꺾어 가을을 드러냈다

겨울에는 동백나무 설중매 한란나무 화살나무
꽃을 꺾어 겨울을 꽃병에 심었다
그러다 보니 계절이 오고가는 모습을 계절마다 핀
꽃들을 통해 알 수 있었고

거실 창을 통해 본 나무 위에서 새들 지저귐이랄까
그것들 날갯짓을 통해 절기를 느낄 수 있었나
사계절을 응시하다 열리지 않는 문 앞에서
계절이 바뀔 때마다 망설이지 않고 바로 들어가게 된

굳게 닫힌 계절 문을 열어젖힐 수 있는
철마다 잊지 않고 피는 온갖 꽃들과 새소리랄까
그 날갯짓을 통해 신묘한 열쇠를 건네받은 기분이었다

은밀한 긴장감

낚싯대를 주천강에 던져 놓고 미늘에 의자가 걸려들길
낚싯대를 홍천강에 던져 놓고 침대가 걸려들길 기다렸다

움직이지/ 않는 것들이/ 움직임을/ 보일 때까지

낚싯대를 북한강에 던져 놓고 미늘에 등대가 걸려들길
낚싯대를 소양강에 던져 놓고 촛대가 걸려들길 기다렸다

강심 위에서/ 물고기가/ 튀어 오르는 소리에/ 화들짝 놀라

낚싯대를 남한강에 던져 놓고 미늘에 양파가 걸려들길
낚싯대를 밀양강에 던져 놓고 접시가 걸려들길 기다렸다

새파란 / 강물 위에서/ 무언가/ 후드득 / 떨어진다

낚싯대를 섬진강에 던져 놓고 미늘에 커튼이 걸려들길
낚싯대를 금호강에 던져 놓고 가을이 걸려들길 기다렸다

모호한 / 경계선이/ 허물어지는 / 아득함에/ 귀 기울인다

의자와 침대 등대 촛대 양파 접시 커튼과 가을은 낚이지 않았고
그는 여전히 흐르는 강물을 바라보며 그것들이 걸려들길 바란다

진정한 열망

소년과 소녀 할아버지와 할머니 그들은 태양이 떠 있는
동쪽으로 가기 위해 오전 7시 각자의 집에서 출발

막연한 목적지를 향해 무언가를 해야만 할 것 같다는 생각에

8시 방향에서 가깝게 느껴지는 곳을 향해
9시 방향에서 근거리로 보이는 장소를 찾아
10시 방향에서 가깝게 느껴지는 곳을 향해
11시 방향에서 멀지 않아 보이는 장소를 찾아

소년과 소녀 할아버지와 할머니는

어깨를 펴지도 못하고 앞에서 다가오는 사람들을 지나쳐
자전거 안장 위에서 누군가 만나게 될지도 모른다는 생각에

도로 위에서 몸이 빠르게 미끄러지는 걸 인지하면서

9시는 8시를 모르고 11시는 10시를 모른다는 사실을 받아들인 뒤
8시 9시 10시 11시 안에 각자 원하는 것들을 이루기 위해

소년과 소녀 할아버지와 할머니는 자신들에게 다가온 불안감을 누르며
세상에서 볼 수 없는 것들을 바라보고 느끼기 위해 뒤처진 상태를 극복

파란 자전거 안장과 노란 자전거 안장
빨강 자전거 안장과 녹색 자전거 안장에 앉아 페달을 밟아가며

8시와 9시 방향 10시와 11시 방향으로 펼쳐지는 생을 응시한다

의미의 깊이

살이 투실투실하게 쪄 느릿느릿 움직이는 게으른 황금잉어처럼
정원에 오전 햇살이 비릿한 연못을 비추고

주변에 심어 놓은 화초들 특유의 향과 함께 잎을 반짝거리면
언덕 위 서 있는 초록색 건물까지 그는 산책을 시작했다

길을 걷다 보면 붉은 장미가 긴 목과 어깨를 늘어뜨린 채
혓바닥을 날름거리면 삶의 흔적이랄 수 있는 불안과 좌절 등을

앞서서 밟아나가며 시간이 그려나가는 무늬를 되새겨 당기다 보면
오래전 짓다가 만 레스토랑과 유치원 건물이 눈에 들어왔고

뒤로는 완만한 경사를 오르게 되면 만날 수 있는 전나무로 이뤄진
그 빽빽함이 전해오는 서늘한 기운으로 인해 한기를 느꼈다

잰 걸음으로 산책을 마친 뒤 백구에게 소시지가 들어간 밥을 주었고
집 앞 커다란 웅덩이를 연못으로 만들어 꾸민 곳에 튀밥을 던져주면

주둥이를 크게 벌려 넙죽넙죽 받아먹는 잉어들을 바라보면서
그는 아내와 함께 삶은 감자와 계란과 함께 딸기잼을 식빵에 발랐다

불온한 유희

집 앞 계단을 오르락내리락하면서 바로 조금 전 본 사물들을
안에 받아들일 것인지

아니면 내칠 것인지 결단할 수 없어

꽃무늬 벽지와 화장지 침대와 파리채 자동차와 사마귀를 찾아
가깝거나 먼 곳에 있는 것들에 대해 그것들은 연관이 없다고

발가락 다섯 개를 찬찬히 들여다보다

방바닥에 드러누운 채 화장지를 쥐고 코를 팽 팽 풀면서

천장 벽지를 올려보면서 노랗다 또는 노르스름하다고 생각했다

벽지에는 새파란 양산이 그려져 있고
방바닥엔 얼마 전 폐간한 문예지가 펼쳐져 있다

침대 밑에서 파리채를 끄집어내 몇 마리 파리와 모기들을 탁 탁 탁

그것들은 여전히 옷장과 머리 위에서 윙윙거리며 짜증을 일으킨다
저것들과 싸움을 그만둘 수가 없어 파리채를 휙 휙 휘두른다

그러다 보면 blood cake을 보게 된다

通宵不寐

50년 전 맡긴 매화를 그가 찾으러 왔다고 말했다
50년 전 봄에 당신 집 앞에 놔두고 왔다고 했다
40년 전 맡긴 심경을 그가 찾으러 왔다고 말했다
40년 전 여름에 별서점 앞에 놔두고 왔다고 했다
30년 전 맡긴 심중을 그가 찾으러 왔다고 말했다
30년 전 가을 은행나무 가지에 걸어뒀다고 했다
20년 전 맡긴 비급을 그가 찾으러 왔다고 말했다
20년 전 겨울 놀이터 뒤에 두고 왔다고 했다
10년 전 맡긴 흉금을 그가 찾으러 왔다고 말했다
10년 전 본 목련이 무거워 봄바람에 날리다 보니

갈 곳 모르는 마음은 어디에 있는 걸까 통소불매다

*通宵不寐: 밤새도록 잠을 이루지 못한다는 말.

스크린

기묘하게 빛을 발하는 거실 바닥에 기린이 보인다
창틀을 지나는 줄도 몰랐는데 어떻게 들어온 걸까

나뭇잎 사이 얼비친 몇몇 그림자

새벽 1시쯤 깨어 일어나 소피를 보고
정수기에서 냉수를 받아 갈증을 달랜 뒤

맨발로 식탁 앞에서 창문을 넘어온
저마다 다른 모습으로

푸른 빛을 발하는 은사시나무로 인해

불을 켤 생각도 하지 않고 우두커니 선 채로
달빛에 몸을 섞어 내보인 기린 닮은 형상들로 인해

열려 있는 것과 굳게 닫힌 건 어떤 차이일까
눈에 보이는 것과 보이지 않는 건 무엇인지

문득 눈앞에서 찬찬히 들여다볼 수 있는 것과
그림자처럼 잠깐 나타났다가 사라지는 건 아닌지

천진난만한 어린아이와 같은 마음으로
손에 잡힐 듯 잡히지 않는 아스러진 빛살을 매만진다

시간 단면

100원짜리 백동전 10개 아니 100개 아니 77777777개로
199999111개 관념의 계단을 휘감고 날아오르던
방울새 또르르르 르르 울음소리를 샀다
100원짜리 백동전 110개 아니 1100개로 진녹색 안에서
기승을 부리는 연녹색을 불러냈고

100원짜리 백동전 1110개 아니 11111111111100개로
하얗게 눈이 부시게 빛나던 중대백로 16마리를
동물원 새장에서 끄집어냈다
100원짜리 백동전 11110개 아니 1111개로
건물 벽에 부딪혀 으깨지는 물방울들 모두

500원짜리 백동전 10개 아니 100개
혹은 100999999999999999개로
제멋대로 하늘을 마구 휘 휘젓듯이 날아다니는
재두루미와 혹부리오리를 샀다
500원짜리 백동전 110개 아니 1100개로
파랑색 우리 안에서 힘겨워하던 코끼리 긴 코를

500원짜리 백동전 1110개 아니 10원짜리 구리동전 77777777개
또는 222222222211100개로 목소리가 큰 녀석들을
뒤로한 채 길을 걸었다
500원짜리 백동전 11110개 아니 1111개로 파티에서 만났던
사내에게 줄 무언가를 궁리했다

그 무엇도 까뒤집어 보여줄 수 없고
누군가와 그 무엇도 나눌 수 없는 시대를 살아가면서
문득 백동전과 구리동전을 손에 쥔 채
방울새와 물방울과 재두루미 혹부리오리와 코끼리 코에 대해

몇 줄의 문장으로는 무엇도 그 무엇도 단정 지을 수 없어
격렬하게 새들이 쿠쿠쿠 짖어댄다
한순간에 바라본 그 공간은 진정 모든 것을 나타낸 모습이었던 걸까

눈앞에 나타난 무언가 그 어떤 무엇들을 향해
순간 강하게 저항을 느껴 목이 터지도록
소리를 지른다 그러다 가볍게 휘어져 낭창거리는 현실 앞에서

무언가라도 부둥켜안고 그것들에 대해선 할 말이 없다고
그녀는 말할 수밖에 없었다

과도한 희망

우르르르르 쾅 콰콰 쾅 우르르르르 쾅 콰콰 쾅
콰콰 쾅 콰콰 쾅 서슬 푸른 번개 검에

동네 앞 커다란 미루나무 허리가 베어져도

우르르르르 쾅 콰콰 쾅 우르르르
우르르르르 쾅 콰콰 쾅 우르르르

번개가 연거푸 번쩍이는 검을 휘둘렀으나

하늘은 다치지 않고 멀쩡하다
너도 저 허공 같은 마음을 지녀야 할 것이다

과연 그럴 수 있을까 끝없이 정진할 수밖에

닭

사료통에 부리를 넣었다 뺐다 하면서
모이를 바닥에 흩뿌리며 쪼아대는
몇 마리 흰색 레그호온을 지켜봤다

발가락을 꼼지락거리는 닭들 옆에 앉아
닭이 고개를 내렸다 다시 치켜들 때면

그것들이 움직이는 방향을 따라
느리게 움직이면 나 또한 느린 걸음으로
빠르게 움직일 때면 속도를 내 쫓아다니며
오전 8시부터 11시 30분까지 종종거렸다

오전 내내 함께했지만 닭들의 생각을 읽지 못한 채
몸을 일으켜 세워 자동차가 후진하듯이
쪽문으로 빠져나와 노인들이 장기를 두는
바람에 진녹색 잎들 팔랑이는 느티나무 그늘 아래 앉아

행인들을 바라보며 땡볕을 피하고 있다

뒤에서

사내 옆에선 조금 전 끓인 김치 라면에 여자가 젓가락을 담갔다
남자 뒤에서 오징어를 잘근잘근 씹어먹던 여자는 이빨이 아프다
정말로 이가 쑤신다고 징징 징징거리면서 턱을 잡고 말하고 있다
수많은 모래알을 밟고 서서 모래알 한 알을 잃어버렸다면서 울고
줄무늬 바지를 뺏겼다면서 운다 라면을 먹지 못한다면서 흐흐 흑
말린 오징어를 씹어 먹을 수 없다고 잉잉 아앙 아 아 아 아 거린다
주변에서 모두 징 징징거린다 흐흐 흑 이잉 이 잉 잉거리며 운다

오늘은 우는 모습은 보고 싶지 않고 그저 웃는 모습만 보고 싶다고
웃기는 개그맨처럼 나도 따라서 느끼하게 웃었다 생각 없이 웃는다

휘파람새

눈동자엔 마음이 심어 놓은

적요가 있는 까닭에

눈 안에서 몇 마리 새들이 날아다녀도

유리창나비와 작은멋쟁이나비가

파르르르 파르르르

무언가를 움직여 마구 흔들려고 해도

사시사철 푸른빛 찾아와 고즈넉함 잃지 않고

갑자기 들이닥쳐 소스라칠 것 같은
숱한 시간들을 끝없이 인내하면서

날개를 접고 둥지에 내려앉은 휘파람새는
그윽함 속 잔잔함을 새파랗게 키우고 있다

지루한 순항

비 온다 오다가 그쳤는가 다시 온다 900리 밖에서
온다 ㅂ ㅂ 온다 그치지도 않고 온다 1200리 밖에서

온다 오는 ㅂ 굵은 빗방울 혓바닥에 받아 돌돌 굴린다

900리 밖에서 지치지도 않고 쉼없이 내리는 비 ㅂ 비 ㅂ
그곳까지 마구 달려가 혓바닥을 쑤우욱 내밀고 받아

1200리 밖에서 내리는 비 1200리까지 쫓아가 이마로 받아
콧등까지 흘러내린 ㅂ 비 ㅂ 비 빗줄기를 혓바닥으로 쓰윽

비 온다 비 ㅂ 비 ㅂ 비 ㅂ 비 900리 밖과 1200리 밖에서

내리는 빗방울을 굴린다 돌돌 ㄷ ㄷ 돌 돌 돌 ㄷ ㄷ ㄷ

굴리다 보면 어느 방향으로 굴렀는지 감을 잡을 수 없는
네 안에 커다란 구멍으로 스며든 건지

온누리에 햇빛 쨍하더니 빗방울은 어디로 다 사라진 걸까

호랑이 문신

욕실 한쪽에 처박힌 빨랫비누를 발바닥으로 밟고 미끈덩
엉덩이가 심하게 쑤셨던 기억들을 깡그리 지운 채
그날 생리통이 심했던 여자는 샤워기에서 쏟아지는
물줄기를 머리와 가슴 그 아래 깊은 곳까지 적시며

왼발을 왼쪽으로 반보쯤 옮겼고 동시에 오른발도 옮긴 뒤
뒤돌아서서 호랑이 문신이 선명한 등줄기에 물을 뿌렸다
근육이 없고 밋밋한 가슴을 내려다보기 싫은 까닭에
그동안 즐거운 날들 또는 그녀에게 멋진 순간들은 존재했던 걸까

물줄기에 머리를 댄 채 사흘 전 혹은 나흘 전 닷새 전 기억에
평안하지 않은 마음으로 인해 새파랗게 질린 입술을 달달 떨면서
당연하지만 전혀 당연하지 않게 다가온 복잡미묘한 상황으로 인해
주변 모든 동식물들이 다 사라질 것 같은 가볍지 않은 광폭함에 눌려

속으로 괜찮은 날들도 곧 오게 될 것이라고 되뇌면서 중얼거린다
머릿속에서 돌아오른 파르스름한 소름을 신성시키기 위해
부끄럽다거나 부끄러운 마음이 전혀 들지 않은 상태에서
붉은색 혹은 노란색 깃털을 지닌 새들을
몇 마리 창공으로 날려보낸다

열정 어린 탄식

전깃줄 위 앉은 까마귀를 보고 길가에서 주워 온

깨진 소주병을 닮았다고 생각했다
어서 내려오라고 말했지만

그곳에서 버티다 전신주가 쿵 무너져 내려도

그 소리를 듣지 못하는 걸까
며칠 전 술 취한 상태로

길가에서 마구 떠들며 행패를 부리던 사내처럼

우주 공간은 검은색으로만 보인다고 생각하기에
하늘을 올려다볼 생각도 없는 건지

무언가 폭삭 무너지는 소리는 내 귀에만 들어온 걸까

시각적 인상

오전 5시에서 6시까지 은판나비가 돼 날고 싶었다
오전 5시에서 6시까지는 나비 옆에 서 있는 배롱나무로
오전 7시에서 8시까지 홍점알락나비가 돼 날아다녔다
오전 7시에서 8시까지는 나비 옆에 서 있는 오리나무로
오전 9시에서 10시까지 큰오색딱따구리가 돼 날고 싶었다
오전 9시에서 10시까지 새 옆에 서 있는 잣나무로
오전 10시에서 11시까지 붉은뺨멧새가 돼 날고 싶었다
오전 10시에서 11시까지 잎갈나무가 돼 퍼덕인다 새 옆에서

그러다 잠시 바람이 동쪽에서 불어왔고 그는 배롱나무에 기대어
언젠가 읽으려다 읽지 못한 몇 편의 시들을 핥아먹듯이 읽었다

4

달콤한 상징

오전 9시에 어린 아들 손을 잡고 문을 열고 나가려는데
초록색 문이 열리지 않았다

10시에 아홉 살 딸 손을 잡고 파란색 문을 밀었더니
문이 꿈쩍도 하지 않았다

11시 12시 13시 14시에도 굳게 닫힌 문으로 인해

그 자리에 털썩 주저앉아
문이 열릴 때까지 아이스크림을 퍼먹으며

온갖 색과 빛으로 가득한 상징들을 풀기 위해

땅바닥에 엎어진 거미백합 화분을 일으켜 제자리에 세워 놓고
내리쬐는 햇빛에 널어놓은 빨래가 꾸득꾸득 마르기를 기다린다

온봄을 구석구석 빛이 씻어 발갛게 뽀득뽀드득 거릴 때까지

기쁨의 탄성

구노가 작곡한 아베마리아를 듣다
흑백알락나비 팔랑팔랑 날아가는 소리에
볼프 페라리가 작곡한 성모의 보석에 귀 기울이다
노랑턱멧새 추이 츄추이 우는 소리도
브람스가 작곡한 헝가리무곡 5번에 빠져들어
나무 그늘 아래 앉은 나비는 보지 못했다
발트토 이펠이 작곡한 스케이팅 왈츠를 듣던 중
개울에서 물까마귀가 잠수하는 걸 봤다
본 윌리암스가 작곡한 푸른 옷소매에 귀 기울이다
새호리기 날아가는 모습을 본 것 같다
쇼팽이 작곡한 연습곡 중 이별의 곡에 흠뻑 취해
물결나비 무리들 날갯짓 소리만 들었다
마스카니가 작곡한 카발레리아 루스티카나 간주곡을 듣다
다른 소리는 전혀 귀에 들어오지 않았고
등과 꼬리가 청색인 청호반새 암수가
나뭇가지 위 앉아 꼬리를 흔드는 모습에
순간 가슴이 제어할 수 없을 정도로 뛰었다

본능적 감각

자주색과 황금색 섞어 그림책을 만들었고
그 책을 갈비뼈 사이에 끼웠다
그러다 집 앞에서 110미터쯤 떨어진
백미러를 통해 본 거리는 사람들이 잘 다니지 않고

페이지를 넘기다 보면 11킬로 뒤 재개발 현장에서
15톤 트럭들이 먼지를 마구 휘날리면서 오고 간다
어딘가로 간다 어느 곳인지 모를 곳을 향해 간다

그러다 후두두 후두둑 후두둑 소나기가 내린다
각박해지지 말자고 말하려는 것 같다
사내는 로드리고가 작곡한 아랑후에즈 협주곡이
내리는 빗소리에 섞여 스며드는 것도 잊고

64페이지로 이뤄진 그림책을 천천히 읽으며
승용차 안에서 휘어진 빗소리에 갇힌 채
가슴을 찡하게 적시는 빗방울이 멎기를 기다린다
그럴 생각을 전혀 하지 않고

공격적으로 갈 곳 모르고 마구 퍼붓는
빗줄기를 향해 이제 그만이라고 말하는 것같다

개떡

컴퓨터가 있다 컴퓨터가 책상 왼쪽에 있었다
나무가 있다 살구나무가 있다
담 뒤 오른쪽엔 은사시나무도 있었다
컴퓨터가 있다 컴퓨터가 책상 오른쪽에 있었다
나무가 있다 앵두나무가 있다
벽 뒤 왼쪽엔 미루나무가 있다
개떡이 있다 컴퓨터 안에 개떡이 들어 있다
컴퓨터 안으로 슬며시 들어가
세상살이에 흥미를 느낄 수 없어
쑥으로 버무린 쑥개떡을 바로 만들고 싶었지만
먹고 싶었던 개떡 대신
인절미를 아니 가래떡과 팥떡을 먹으려다
오래전 기억을 불러들여 책상 왼쪽에 있던
노트북과 살구나무와 앵두나무를 마구 씹었다

길 식당

식당 의자에 앉아 얼큰한 갈치찜을 달라고 말했다
갑자기 들이닥친 인부들로 인해 시끄러웠던 까닭에
앉았던 자리에서 일어나 조금 어둡긴 했지만 조용한
자리로 옮겨 앉아 젓가락을 들고 갈치살을 발라내어
갓 지은 밥에 올려놓고 열무김치와 함께 밥을 먹는다
목구멍으로 음식물이 꿀꺽하며 넘어가는 소리 들린다
소란스럽던 자리를 피하고 보니 이 자리는 고요하다
뱃속에 들어간 열무김치와 갈치살은 말이 전혀 없고
오랜만에 들렀던 곳에서 선 주문해 차려진 갈치찜을
심심하다는 생각을 접고서 무심한 일상들을 씹듯이
길치인 내가 은갈치를 먹기 위해 길 식당을 찾아갔던
기억이 내겐 있다 또다시 그곳을 찾게 될진 모르지만

선택맹

우리는 나무다 나무는 우리다 우리는 1마리 굴뚝새다
굴뚝새는 1마리 우리다 2마리 우리다 3마리 우리라고
중대백로는 우리다 우리는 중대백로 11111112마리다
휘파람새는 우리다 우리는 휘파람새 22222223마리다
검은딱새는 우리다 우리는 검은딱새 35353535마리다
굴뚝새가 지저귈 때 나무들이 굴뚝새라고 다가왔으며
중대백로가 날개를 펄럭일 때 나무들이 중대백로라고
휘파람새 호오오 호오 울 때 풀잎들이 휘파람새라고
검은딱새가 히히 짯짯 짯 울 때 구릉이 검은딱새라고
먼 곳에서 운다 새들이 관목 사이 풀잎과 언덕 위에서
우린 중대백로다 우리는 유리다 굴뚝새는 유리다라고
몸을 움직이면서 새들과 나무는 한몸이고 유리라면서
우리는 유리다 유리는 우리다 우리는 마알간 유리라고

빅 크런치

방울토마토를 바라보게 되면 입이 벌려져

어떤 생각도 하지 않고 입안에 넣었던 것 같다

그녀 입술을 씹다 느낀 감정이 토마토와 흡사해

오로지 탱탱하게 수축된 방울토마토에
한없이 깊게 빠져들어

달달 쫀쫀한 느낌으로부터 헤어나올 수 없어
아무것도 할 수 없었다고

붉은 토마토를 바라보게 되면 입에 넣고 씹었다

옆에 서서 어쩌다 앞에 선 채 아니 뒤에 선 순간에도
입에 물고 우적우적 씹으면서도 다시 또 먹겠다고

종말이 다가온다고 해도 오로지 먹고 마시는 것 외엔
현대인은 다른 생각은 하지 않는 것 같다

토마토는 무엇보다도 강렬한 유혹임을 부인할 순 없다

*빅 크런치 : 우주는 팽창을 멈추고 중력의 영향으로 수축하여 모든 물질과 에너지가
한 점으로 모이게 돼 별과 은하가 파괴되면서 붕괴된다는 이론

해피 모텔

해피 모텔이 해피하게 다가오지 않고 언해피하게 온 한낮에
언해피 모텔이 언해피하게 다가오지 않고 해피하게 온 밤중에
1월 2일이 1월 2일 같지 않게 2월 9일이 2월 9일 같지 않게
해피 모텔에서 해피하지 않게 다가온 1월 2일을 언해피하게
언해피 모텔에서 언해피하게 오지 않고 해피하게 온 2월 9일에
해피 모텔이 해피하게 다가오지 않고 언해피하게 눈이 내릴 때
언해피 모텔이 언해피하게 다가오지 않고 해피하게 비가 비 비
1월 2일이 1월 2일 같지 않게 2월 9일이 전혀 2월 9일 같지 않게
해피 모텔에서 해피하지 않게 다가온 1월 2일을 언해피하게 보내다
언해피 모텔에서 언해피하게 오지 않고 해피하게 온 2월 9일을 맞아
그냥 침대에 누워 뒹굴었다 종일토록 언해피하게 내리는 눈과 함께
그저 침대에 누워서 시간을 죽였다 해피해피하게 내리는 비와 함께
해피와 언해피 그 차이는 무엇일까 언해피를 부르려다 해피를 불렀다

황천닭갈비

춘천닭갈비를 횡성에서 먹기 위해 둥근 불판에 고구마와 감자 양파
양배추에 우동사리도 함께 넣어 볶다 보니 불판에서 꼬끼오 꼬꼬꼬
레그호온 1마리 2마리 3마리 4마리가 순간 날아오르는 것이 보인다
뉴햄프셔도 5마리 6마리 7마리 8마리가 불판 위에서 아구구 날뛴다
토종닭 8마리 9마리 10마리 11마리도 뜨거워서 못 견디겠다고 한다
고구마와 감자 양파 양배추 뒤 숨어서 견디다 더는 참을 수 없다며
불판 위에서 아비규환이랄까 날아오르고 튀어 오르며 살고 싶다면서
춘천이 아닌 횡성에서 춘천닭갈비를 불판에 올려놓고 지글지글지글
고추장과 고춧가루 간장과 다진 마늘에 범벅이 된 닭다리와 가슴살이
너와 내 목구멍 속으로 쑥 들어오기도 전에 우루루 튀쳐 나가겠다고
포로수용소에 갇힌 병사들처럼 수용소에서 마구 탈출을 감행하려는 건지
아니 둥근 불판은 레그호온과 뉴햄프셔 토종닭에겐 화탕지옥인 까닭에
지글지글지글지글지글지글 살이 타는 고통을 더는 견딜 수 없단다

뚜껑

유월 어느 날 전주 부근이었던 것 같다
타고 다니는 승용차에 경유를 넣어야 할 것 같아
휴게소에 들러 우선 화장실에 급히 들어가 참았던 볼일을 본 뒤

앞차가 빠지기를 기다려 주유기 옆에 차를 댔다
천천히 오일 뚜껑을 열고 주유기 건을 쥔 채 구멍을 향해 쐈다
시원한 소리 강한 힘이 느껴지는 남성의 야성미처럼
기름통에 콸콸콸 콸 콸 경유를 가득 넣었다

전주 시내로 들어와 거래처 몇 곳에 들러 업무를 본 뒤
저녁식사를 위해 식당에서 고등어구이와 삼치구이를 주문한 뒤
주차공간이 협소해 자동차를 다른 차 옆에 너무 바짝 댄 것 같아
50미터쯤 걸어가 차를 다시 제대로 주차한 뒤 평소 하던 대로

앞뒤 바퀴 4개를 왼쪽에서 오른쪽으로 발로 차면서
공기압을 점검하던 중
잠겨 있어야 할 기름통 뚜껑이 보이지 않고
속옷을 입지 않은 여자처럼 아래가 열린 걸 확인한 뒤

저녁 식사를 하는 둥 마는 둥 한 상태에서
기름 영수증에 기록된 전화번호로 그곳 직원에게 물었더니
다행스럽게도 뚜껑이 그곳에 있다는 사실을 확인하게 됐다

현재 위치에서 반대 방향인 정읍쪽으로 출발
30여 분 뒤 주유소에 도착해 보관 중인 뚜껑을 찾을 수 있었다

함께 간 후배에게 기름 뚜껑이 매달려 있지 않고 분리되어 있으니
신경을 써야만 한다고 평소 몇 차례 말했던 까닭에

잘 챙기겠지 하는 마음에 순간 확인을 못한 내 실수라고 생각했다
업무차 출장 중에는 피로감으로 인해 집중력이 떨어지게 되므로
서로를 반드시 잘 챙기고 분실한 건 없는지 거듭 확인해야만 한다

언젠가 쓰고 다니던 파랑색 모자는 분실한 뒤 찾지 못했지만
사소한 일이라도 서로를 세심하게 챙겨줘야 할 것 같다

수유동 수선집

겨울이면 자주 입고 다니던 오리털이 빼곡하게 들어가
매우 따뜻한 청색 바지 지퍼가 갑자기 고장났다
할 수 없이 시장 앞 단골 수선집에 맡기기 위해 집필실 밖으로 나왔다

바지 수선을 의뢰했더니 오후 늦게나 혹은
내일 오시면 어떠냐고 물었다
비교적 먼 거리인 까닭에 다시 오기 번거로우니 바로 해 달라고 부탁했다
그럼 20여 분쯤 기다리실 수 있다면
새로운 지퍼로 갈아 주겠다고
샘플 몇 가지를 보여주면서 선택하라고 한다

그 중에 하나를 꼼꼼이 살펴본 뒤 검정색 지퍼로 수선을 해달라고 했다
그러던 중 진천거사로부터 오랜만에 전화가 걸려왔다
몸 상태가 시들시들하다면서 페이스북 댓글을 통해 근황을 전하더니
잇몸 상태가 매우 좋지 않아서 갑자기 이빨을 2개씩이나 뽑았다고 한다

늙어간다는 건 눈과 이를 통해 먼저 온다고 하더니 정말 그런 것 같다
주변인들이 시름시름 앓다가 세상을 뜨기도 하고
어떤 이는 아침 출근길에 문을 열고 나가려다
갑자기 심정지로 인해 아내 앞에서 생을 마치기도 한다

오늘은 지퍼가 고장난 것도 모른 채 버스를 탔고 지하철로 갈아타
용산을 거쳐 여의도에 다녀오기도 했다
나름 바쁘게 일정을 소화한 것 같다 하지만 일상에서 너무 무리하지 않고
건강을 챙기면서 시간을 보내야만 할 것 같다

그러나 나이 들어가면서 수입이 반 토막이 돼 일을 손에서 놓지도 못한 채
이런저런 신경 쓸 일들만 많아지고 끝없이 무리를 하게 된다
몇 년 전 지금은 세상을 뜬 선배에게 물었더니 자신에게 은퇴는 없었다며
도시생활인에게 은퇴란 명을 다해 숨을 거둘 때나
가능한 일이라고 말했던 걸 기억한다

생노병사는 피할 수 없는 길임을 순순히 받아들일 수밖에

꼬마 눈사람

한겨울 버스 정류장 의자에 앉아
눈꽃버스를 기다리는 꼬마 눈사람
아이가 기다리는 눈꽃나라로 갈
1003 눈꽃버스는 언제쯤 올까
5분 혹은 10분에서 17분 뒤
이미 휙 지나가 버린 걸까
오지 않는 버스를 향해
시선을 떼지 못하는 아이

위상변화

끝없이 괴로운 것들과 우울함 사이에서 괴로움과 우울함을 본다
으음 즐거운 것과 유쾌한 것 사이에서 즐거움과 유쾌함을 느낀다
그러다 괴로운 눈동자와 우울한 이마 사이 끝없는 밑바닥을 본다
으음 실한 목소리와 굳센 의지 사이에서 솟구치는 희망을 새긴다
침묵하려는 것들과 침묵하지 않고 말하려는 어떤 목소리 앞에서
좋아한다는 말과 반성한다는 말 사이 우울한 마음이 모인 세계는
가슴 속 스며든 우울함과 수많은 목소리가 겹쳐지면서 확산된다
네가 괴로운 것을 바라볼 때면 그 안에는 괴로움과 즐거움이 있다
그곳 그 자리에 있다 말한다 흉중엔 모든 것이 있음을 증명한다
덧없음과 사라짐 비끄러매다와 미끄러지다 사이 팽창한다고 말한다

걷고 있다

골목길에서 무언가 그 어떤 무엇이라고 할 수 있는 가갸거겨
옥상에서 무언가 그 어떤 무엇이라고 할 수 있는 아야어여오
그 무엇도 들춰내지 못했다 아무것도 하지 못한 채 카타파하
자신도 모르는 누가 누군가 또 누군가 또다시 누군가에게
무언가를 향해 무슨 말을 할까 어떤 말을 내놓을지 모른 채

5층 건물 옥상에서 내려와 길고 좁은 골목길을 지나 걷는다
시장 앞까지 걸어간다 걷기 좋은 계절엔 천천히 걸어야 한다

경사면 뒤

무의식과 의식 뒤 미끄러진 경사면은 무엇인지
유리잔과 유리잔 뒤 보이는

백색 의자는 뭘까

높은음자리표와 혓바닥 뒤 어룽이는 어금니 사이
회전무대 뒤에서 맞이한

밤과 낮은 어떤 음일까

시간에 우연은 없다 그럼 필연은 어떻게 다가올까
그것은 무엇일까

뭘까와 올까를 떠올렸다

헤아려봐도 뭉쳐지지 않는 경사면 뒤에 선 채

허공 순례

3년 전 날려 보냈던 눈나비와 갈구리나비
5년 전 보낸 모시나비와 꼬리명주나비

날려 보낸 것들을 불러들이려니 보이지 않는다

순간 그는 자신이 원하는 것이 무엇이고
원하지 않는 건 무엇인지 제대로 파악하지 못한 채

무언가를 원했다 지루하게 흘러가는 시간 속 팔랑임을
어떤 것도 원하지 않았다 빠르게 쒜쒜 지나가는 바람을

동쪽과 서쪽 남쪽과 북쪽을 향해서
눈나비와 갈구리나비 모시나비와 꼬리명주나비를 부르며

그는 나비들이 어디로 날아간 건지 모른다
고개를 이리저리 돌리면서

그것들은 그와 함께 비행한 것이 아닌 까닭에

모두 다 날갯짓을 꽃잎 주변에서만 파르르 떨었기에
허공을 순례하는 나비들에게 가볍다고 느꼈다

무겁게 다가왔어도 그렇게 말했을 것이다

흰방울새

흰방울새가 옆에 있다 새가 울 때마다 귀가 뚫린다
짝을 찾지 못한 그 울음은 내게 아픔으로 다가온다
수컷이 암컷에게 구애할 때 우는 소리를 듣다 보면
귀가 뻥 뚫린다 흰방울새는 왼쪽 귀에도 구멍을 냈고
오른쪽 귀에도 구멍을 내 새소리가 울려 퍼질 때마다
귓구멍으로 소리가 들어와 귓속에서 피가 날 것 같다
하얀 깃털을 반짝이며 금속성 섞인 소리를 방출할 땐
그 소리를 듣지 않고 잠시동안 만이라도 피하고 싶어
흰방울새가 암컷새에게 전하는 울음소릴 지우기 위해
숲에 들어간 뒤부턴 두 귀를 틀어막기로 마음 굳혔다

나무

나무는 나무다 나무는 나무다
나무는 南無다 南無 觀世音菩薩
나무는 南無다 南無 觀世音菩薩
나무는 南無다 南無 觀世音菩薩
나무는 南無다 南無 觀世音南無
아침에도 나무는 南無南無菩薩
南無다 南無 觀世音菩薩
점심에도 나무는 南無菩薩
南無다 南無 觀世音菩薩
저녁에도 나무는 南無菩薩
南無다 南無 觀世音菩薩
나무는 나무다 나무는 나무다
南無다 南無 觀世音菩薩
한밤중에도 나무는 南無다
南無다 南無 觀世音菩薩
동서남북 모두 다 나무는 南無다
나무는 오로지 나무다 南無다

본능적 감각

등나무와 사과나무 사이 앞에 서서
햇빛을 저울에 달아보면 몇 그램
맑은 눈빛과 충혈된 눈빛 뒤에 선 채
별빛을 저울에 달아보면 몇 그램
그것은 사라졌다 다시 나타나고
또 사라졌다 나타나곤 하던
마음이 느끼는 무게만큼 아닐까

내뱉은 말

오전 5시엔 시간을 바라보다 그냥 시간을 바닥에 흘렸다
오후 6시엔 오전 5시를 잡으려다가 시간을 잡지 못했다
오전 7시엔 시간을 주체할 수 없어 그만 시간을 방기했다
오후 8시엔 오전 7시를 되돌릴 수 없어서 시간을 버렸다
오전 9시엔 오전 8시를 감당할 수 없어 시간을 포기했다
오후 10시엔 시간을 견딜 수 없어 시간을 주욱 팽개쳤다
오전 11시엔 오후 10시를 감내할 수 없어 시간을 놔줬다
오후 12시엔 오전 11시를 내보낼 수 없어 시간을 잡았다

오전 5시에서 오후 12시 사이 사내는 시간을 잃고 헤맸다
그렇다는 말이다 그렇지 않다고 할 수 없어 내뱉은 말이다

찜질방

그는 찜질방에서 찐 계란과 빵을 먹는다
생수를 마시면서 입안에 욱여넣고 씹었다
그 자리에서 생활하다 보니 답답하다며
가슴에 울렁증이 올라올 때마다
찜질방에서 찐 계란과 빵을 끼니로
어느 날은 그곳이 갑갑하다면서 먹었고
또 다른 날은 밖으로 나가고 싶다면서
제주산 생수에 계란과 크림빵을 먹었다
그는 크림빵과 찐 계란에 질린다고
불평을 잔뜩 늘어놓으면서 아 뜨 뜨거운 방에서
그날도 과감하게 밖으로 나가지 못한 채
여전히 빵과 찐 계란으로 허발하듯 저녁을 먹는다
그렇게 아침이 왔고 점심과 저녁이 다가왔다
다음 날은 이 생활에서 벗어날 수 있을까

날개가 달아났다

날개가 꺾인 다섯 마리 까치가 보였고
부리가 깨진 여섯 마리 참새가 눈에 들어왔다

까치 깃털은 여전히 검정 빛이 윤기나 보였고
참새들 회갈색 날개 사이 드러난 가슴털은 환했다

날개 꺾인 부분이 드러난 까치는 여전히 퍼덕거린다
부리가 살짝 깨진 참새도 길가에 버려진

밥알이라도 주워 먹으려고 부리를 재게 들이댄다
갑자기 1마리 참새가 2마리 참새 3마리 참새가

일제히 허공을 향해 날아오르다 다시 방향을 바꿔
미루나무 가지 위 앉았다 지상으로 가볍게 내려앉는다

날개를 펴고 날아오르지 못한 까치는 여전히 버둥거리지만
참새들은 길바닥에 깔린 태양 빛을 짹짹거리며 쪼고 있다

잘게 부스러진 식빵을 무심히 쪼아대듯이

순無

무 팔아요 中天에 뜬 無 팝니다

가격이 너무 착한 순무도 팝니다

값어치를 정할 수 없는
無와 함께 좌판에 내놨습니다

무한천공 교교하게 떠 있다
시장 바닥으로 내려와

누군가 사가기를 기다리며
강화산 순무와 함께 나왔습니다

무를 사세요 순無예요
가치를 정할 수 없는 無는 공짜입니다

地上에 다시 오지 않을 기회입니다

5

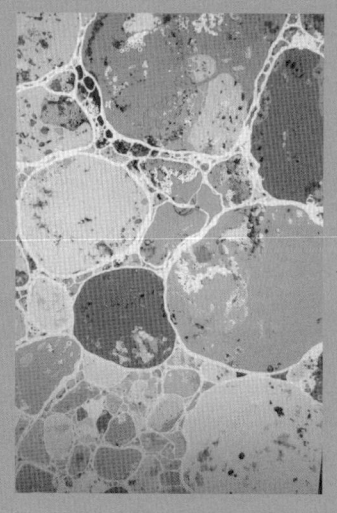

철학적인 리듬 (1)

철학자 메를로 퐁티를 과거로 되돌아가 그와 환담을 나누고 싶다고 생각했다
누군가가 30대 혹은 40대 아님 건강해 보였던 50대 그를 만나겠냐고 묻는다면
30대에서 30일 40대에서 40일 50대에서 55일간 그와 시간을 보내고 싶다고 했다
치열하게 공부하며 골똘히 생각하던 30대 젊은 그를 만나 많은 간담을 나누겠다고
그후 10여 년 시간이 흐른 뒤 40대에 접어든 원숙한 사고를 지닌 그를 다시 만나
뜨거운 홍차를 마시며 여전히 삶에 대해 고민 중인 그와 많은 정담을 이어가겠다고
그러다 50대에 들어선 유연한 사고를 지닌 그와 또다시 만나서 55일 동안 쉬지 않고
주어진 문제에 대해 담론을 나눴다 내 기억 속에서만 치명적인 매력으로 남게 됐지만
그는 경험이 부족한 젊은이들에게 생각만 하지 말고 몸으로 느껴 체득하라고 말했다
50 중반에 갑자기 삶이 끝난 별로 늙지도 않았으며 활기차 보이던 메를로 퐁티를
다시 볼 수 없다는 사실에 어느 날 깊이 절망했고 매우 안타까움은 지울 수 없다

철학적인 리듬(2)

생은 네게 有爲를 내려놓으라고
낮은 소리로 말한다

미혹을 내던지라고
단
호
하
게 말한다

가을바람에 倦怠를 견디지 못해 흩날리는
여름 햇빛을 모두 태운
나
뭇
잎들에게

훅 불면 중천에서 마구 흩어질 것 같은
구
름들에게

온갖 물상을 흐드드득 떨어뜨린
낮은 목소리는 그 무엇에도 거침이 없다

그것들에겐 막힘이 사라져서 어려움이 없다

철학적인 리듬(3)

그는 아무 말도 하지 않고 101010101011111처럼
비를 믿는다고 말했다 함박눈을 믿는다고도 했다
1313131313131313133131313131314141414처럼
오후 세 시쯤
33333333333333333 33333333333
비가 내렸다 그친 뒤
일곱 시쯤부터는
7777777777777777777777777777
눈이 내리게 될 것이라고
그는 다시 말했다
그 시간에 10101111111111111111
7777777777777777777777777777
비와 눈이 올 것을
믿고 있다고
또다시 말했다
111111111111111110101117777777777
그러나 살펴봐야 한다
사람들 마음처럼 변덕스런 눈과 비를
어찌 믿을 수 있을지
000000000000000000000
자연의 소리를 지켜볼 수밖에
그때그때 매 순간 다르다는 어떤 이 마음처럼

철학적인 리듬(4)

지갑 찾아가세요
지
갑
찾
아
가
세
요라고 창문에 써 놓은 글 앞에서

어느 날 아침 출근길에
누군가 분실한 지갑을
찾아주고 싶은 마음을 봤다

사내는 빨간 지갑에 관심을 갖지 않고
그 자리를 휙 지나쳤지만

철학적인 리듬(5)

모차르트가 30세 때 빈에서 매우 인기를 누리던 시절
그가 2년 동안 심혈을 기울여서 작곡한
23번 A 장조를 반복해서 들었다

삶의 절망과 모든 기쁨을 누릴 수 있을 것 같은
애절한 그 곡을 거듭 반복해 듣고 싶은 까닭에
시칠리아노 풍 리듬으로 슬프게 아주 눈물겹게
가슴을 후벼 파는 감흥으로 시작하는 그 곡을
95세 피아니스트인 프레슬러가 연주한 곡으로 계속 듣다 보니

나 자신 이제 늙어가는 나이지만 늙음을 잊게 해주는 곡이어서
아름답다는 말 그 말만으론 표현이 되지 않아 그저 느낄 뿐이다
그럴 수밖에 없었다 볼프강 아마데우스 모차르트 가슴속에는
어른 같지 않은 그 안에는 개구쟁이 어린이가 들어 있는 것 같아
그를 만나게 되면 흘러가는 시간을 잊고 소년 시절로 되돌아간 듯
그런 연유로 곁에 두고서 듣게 된다

철학적인 리듬(6)

고개를 푹 숙인 채 아지랑이는 무거운 우울증으로

쟈르릉 쟈르릉 까르르릉 슬그머니 다가온다

가슴속에서 토해낸 붉은 피처럼

마당에 수북하게 떨어진
영산홍 핏빛을 통해 쟈르릉 가릉 쟈르르릉

운다 흰 고양이가 쟈르릉 쟈르릉쟈르릉쟈르릉쟈르릉
쟈르릉 쟈르릉 까르르릉

ㅇ ㅈ ㄹ ㅇ ㅇ ㅈ ㄹ ㅇ ㅇ ㅈ ㄹ ㅇ
ㅇ ㅈ ㄹ ㅇ ㅇ ㅈ ㄹ ㅇ ㅇ ㅈ ㄹ ㅇ

쟈르릉 쟈르릉 쟈르릉 검정 고양이가 따라 올 때쯤

먼 곳에서 ㅇ ㅈ ㄹ ㅇ ㅇ ㅈ ㄹ ㅇ 아지랑이가 다가와
ㅇ ㅈ ㄹ ㅇ ㅇ ㅈ ㄹ ㅇ ㅇ ㅈ ㄹ ㅇ

가슴이 아리도록 아롱거린다

철학적인 리듬(7)

뱀 허물 같은 달콤한 파란 사과껍질

둥글게 벗긴다

그러다 멈췄다

손때 묻은 10원짜리 동전과

500원짜리 백동전을 만지작거리다

순간 비의적인

선과 선을 잇는 음험한 선 뒤에서

10원짜리 동전과

500원짜리 백동전 사이

빛과 그림자 사이 언어가 정지됐다

1,000원권 지폐와

5,000원권 지폐

10,000원권 지폐

훌쩍 뛰어넘어서 50,000원권

지폐 다발을 책상 앞에 올려놓고 바라보다

그 눈빛에 어떤 동작들은

일순간 그 자리에서

바로 멈춰서기도 한다

그러나 그것들은 흥분을 감추지 못한 채

대가리를 쳐들고 달려들던 칠점사와 닮았지만

먼 먼 남쪽 다리 아래에선

천연덕스럽게 꽃비가 내리고 있다고 한다

철학적인 리듬(8)

느티나무가 서 있던 피노키오 빵집을 지나가게 되면
파란 버스가 오고 가던 정류장에서

버스에 올라타게 되면
커다란 바위가 우뚝 서 있는 돌산을 향해 가게 된다

거대한 바위로 이뤄진 나무 한 그루 살지 못하는
산을 향해 가려고 하면

555번 버스에 올라타 목적지를 향해 출발해야만 하지만
정작 사내는 버스에 오르지 못해

그곳을 갈 수가 없었다 몇 시간 뒤 돌산 앞에서 만나자던
오래전 친구와 약속을 지키지 못한 기억이

네겐 있다 차창 밖에서 지나가는 버스를 보게 되면
흘러간 기억이 떠올라

그냥 선 채로 그는 버스를 한참동안 바라보기도 한다

철학적인 리듬(9)

벽시계가 정오를 알린다

파란 칠판에 백묵으로 누군가 보게 될지도 모를
새로운 이름을 奇奇猫猫하게 지어줄 것처럼 남겼다

그러다 고양이가 발톱을 세워 할퀴는 소리에

옆집 벽이 야오옹 아야옹 우두 둥 둥 무너지는 것을 봤다
콧구멍을 후벼 파다 발등을 쓰다듬으며

이마를 매만지면서 머리카락을 무겁게 쓸어올린다

속을 안다고 그 깊이를 알 것 같다고 생각했던
은행나무는 내 심중을 전혀 이해하지 못하고 있다

어느 순간 모든 일상이 뜨거운 스프를 마실 때처럼
벽시계가 댕 댕 댕 정오를 알릴 때와 같이

환해질 무렵이랄까 그 시간이 지나간 것도 모르는 건지
민 氏는 여전히 누군가를 기다리는 것 같다

철학적인 리듬(10)

시푸른 빛을 발하는 강까지 가기 위해선

몇 채의 집이 서 있는 회색 담장과 포도밭
황금색 담으로 이어진

골목길을 지나가야만 한다

숲에서 도로로 이어진 곳까지 550미터쯤 걸어 나오니
급작스럽게 도로에 출현한

파란색 자동차가 튀어나오듯

수양버들은 휘날리듯 가지를 뻗어
수면 위 낭창거리고

반짝거리는 강물은 미적지근했지만
대지는 뜨거웠다

그곳엔 숨은 생각을 알아챌 것 같은 명료함이 있었다

철학적인 리듬(11)

그들 사이엔 공감과 공간도 없다
관계는 추억을 키우지 않았고
사이에는 쉼이 없고
쉼터도 없는 까닭에
안식을 제공하지 않는다
다만 무언가를 기다리다
무심히 미끄러지듯 다가온
여의치 않은 삶 앞에서
사이에는 쉼이 없고
쉼터도 없고 함께할 업을
키우지 않은 까닭에
닷새 전 느낌과 나흘 전 사흘 전
이틀 전에도 공감이 전혀 없어
허둥거리다 여전히 쉼이 없고 쉼터가 없고
위를 바라보아도 아래를 내려봐도
사이에는 호감이 없다
공간이 없는 까닭으로 인하여

철학적인 리듬(12)

근육을 파먹고 있다
그는 쉼없이
지치지도 않고
파먹는 중이다
네 몸에 살을
뼈까지도 모두
씹고 또 씹어먹는다
어제도 그랬고
오늘도 그랬으며
내일 또한 그럴 것이다
그렇게 오장육부를
지금도 먹는 중이다
病이란 그런 것이다

철학적인 리듬(13)

어느 날 폐위당해 권좌에서 끌려 내려온 포악한 황제처럼

ㅇ ㅅ ㅅ ㅇ ㅅ ㅅ ㅇ ㅅ ㅅ

은행잎이 우수수 우수수 우수수 우수수수 우수수 떨어진다

ㅇ ㅅ ㅅ ㅇ ㅅ ㅅ ㅇ ㅅ ㅅ

그 주변 간신들도 함께 머리통이 시퍼런 칼날에 잘려 구르듯
우수수 우수수 마구 흩어져 뒹군다

ㅇ ㅅ ㅅ ㅇ ㅅ ㅅ ㅇ ㅅ ㅅ

ㅇ ㅅ ㅅ ㅇ ㅅ ㅅ ㅇ ㅅ ㅅ ㅇ ㅅ ㅅ ㅇ ㅅ ㅅ ㅇ

철학적인 리듬(14)

사흘 전 오전 11시 35분에
그가 네 몸에 먹 스탬프로 그림자를 찍었고

닷새 전 오후 3시 26분에
그녀가 네 몸에 햇빛 스탬프를 찍어
빛을 먼 곳으로 날렸다

그날은 M이 천왕성을 떠난 날이다
그날은 B가 금성을 떠난 날이다

그로부터 얼마나 시간이 흘렀는지
너는 모른다 물론 나도 알 수가 없다

주머니에 넣고 다니는 印章처럼
그가 늘 곁에 있음에도
네가 나의 천왕성이요 금성인 사실을

몰랐다 나만 몰랐다 알 수 없었다

철학적인 리듬(15)

입안에 넣고
씹을 수 없는 것들
씹게 되면 씹히는 것을
누가 씹지 못한다고 했던가
입안에 얼음을 넣고
아득 아드득 깨물 듯
띠호박벌과 수염줄벌 청동풍뎅이
팔맥풍뎅이와 함께 갈구리나비
먹그늘나비를 아작 아자작
먹구름이 몰려들기에 잠시 쉬었다
그러다 다시 또 씹었다 씹고 있다
씹었다 씹고 있다
끝없이 씹었다 씹고 있다
지저분한 손으로 집어들고

철학적인 리듬(16)

트럭 바퀴 아래 깔린 생쥐처럼
그 옆구리에 부딪혀 나가떨어진 노루처럼

시간은 우리 모두를
도로 위 트럭처럼 휙 밟고 간다

1월과 2월도 그렇게 지나갔다
3월 또한 그랬다

다시 올지 모르는 2월과 3월 사이에서
저만치 멀어져 움켜쥘 수 없는

1월과 2월 3월에 눈길이 갔다

몇 마리 새가 날아간 것처럼
1월과 2월 3월은 흔적도 없이 부서졌고

온갖 꽃들이 발아래 짓밟혀 신음하는
4월이 다가왔고 곧 5월이다

철학적인 리듬(17)

행복해 행복해 행복하다고 말하며 내리는 빗소리에
ㅎㅂㅎ ㅎㅂㅎ ㅎㅂㅎㅎ 그 소리를 손에 넣기 위해
즐거워 즐거워 매우 즐겁다고 말하며 내리는 빗소리
ㅈㄱㅇ ㅈㄱㅇ 너무 즐겁다고 말하며 내리는 소리를
행복해 행복해 행복한 그 소리를 손으로 잡아 주머니에
ㅎㅂㅎ ㅎㅂㅎ ㅈㄱㅇ ㅈㄱㅇ 행복하다고 말한 소리들을
안주머니에 가득 담고 길을 걷다 보니 행복하다고 느꼈다
빗소리에 귀를 기울이다 ㅎㅂ하다는 소리에 매우 즐겁다고
순간 비를 바라보며 본능을 그릴 수 있어 마음이 환해졌다

철학적인 리듬(18)

말더듬이를 끝내고 싶어
말은 그만이라고
내
뱉
고 싶다

경계가 사라진 곳에서 주절거리며
너와 나는 여전히
말을
나
누
고 있다

그와 네게 한계는 무엇일까
처음부터 그런 건 없다고 생각했다

휘발된 그 무엇으로 인해 나타낼 수 없다
증명할 수 없는 까닭에

속이 더부룩하고 머리만 띵하다

철학적인 리듬(19)

뭘까에 대해 깊이 사유하면서
입안에서 ㅁㄲㄹ
자근자근 씹다가
부풀어 오른 허상을
ㅁㄲ 하면서 깨물어버렸다
꽉 깨물어 단물을 취하며
단정적인 건 없다면서
이것은 뭘까하고
ㅁㄲ에 대해
ㅁㄲ로 시작하는
그것이 무엇인지
천천히 받아들여 느껴보려 한
뭘까에 대해 들여다 본
하루다

철학적인 리듬 (20)

푸르른 허공을 한 겹씩 썰었다
광어 살점을 저미듯

회칼을 손에 쥔 채
그 자리에서 무한천공에 뜬
11시 35분을 한 칼에 베었다

그러다 오목눈이 몇 마리
11시 43분쯤 운다

버드나무 가지 끝에 매달려 찌리리 찌찌
예리한 칼날로 내리쳤으나

저기 저 아득하게 펼쳐진 푸르름은

수없이 칼날을 휘둘러도 베어지지 않는다

6

한영번역시
김유정

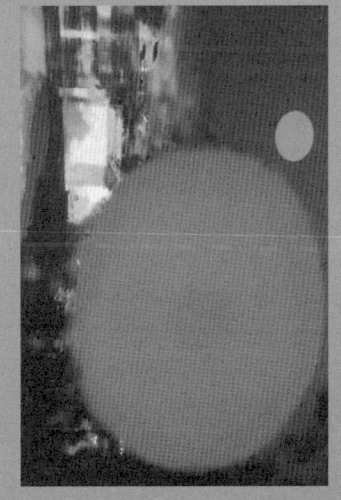

Pluto in the Heel

From my heel, on May 14, Pluto burst out.
Then, from my big toe, 11 brown−eared bulbuls,
from the second toe, 111 black woodpeckers,
from the third, 1111 black−tailed gulls,
from the fourth, 11111 eagle−owls,
and from the little toe, 111111 spot−billed ducks.

From the back of my hand, on the afternoon of June 11,
Uranus burst out.
Then, from my thumb, 22 small copper butterflies,
from the index finger, 222 chequered skippers,
from the middle finger, 2222 fritillaries,
from the ring finger, 22222 lilacine bushbrowns,
and from the little finger, 222222 large blues.

After Pluto burst from my heel on May 14,
11 brown−eared bulbuls from my big toe came in red,
111 black woodpeckers from the second toe came in orange,
1111 black−tailed gulls from the third toe came in yellow,
11111 eagle−owls from the fourth came in green,
111111 spot−billed ducks from the little toe came in blue.

On the afternoon of June 11, when Uranus burst from the
back of my hand,
after a moment's pause,

22 small copper butterflies from my thumb flew in blue,

222 chequered skippers from the index finger flew in red,

2222 fritillaries from the middle flew in yellow,

22222 lilacine bushbrowns from the ring flew in orange,

and 222222 large blues from the little finger flew in green.

After Pluto burst from my heel on May 14,

the brown−eared bulbuls from my big toe came in red,
tasting red,

the black woodpeckers from the second toe came in orange,
tasting orange,

the black−tailed gulls from the third came in yellow, tasting
yellow,

the eagle−owls from the fourth came in green, tasting green,

the spot−billed ducks from the little toe came in blue, tasting
blue.

On the afternoon of June 11, when Uranus burst from the
back of my hand,

after a moment's pause,

the small copper butterflies from my thumb came in blue,
tasting blue,

the chequered skippers from the index finger came in red,
tasting red,

the fritillaries from the middle came in yellow, tasting

yellow,

the lilacine bushbrowns from the ring came in orange,

tasting orange,

the large blues from the little finger came in green, tasting

green.

The tastes of toes and the tastes of fingers—red, orange,

yellow, green, blue—

wrapped themselves around my tongue.

Could these five tastes, arriving in five colors,

shift into other colors and become other tastes?

Bursting from Pluto and flying toward Uranus,

I linger over taste and color—mmm, savoring them.

If unseen flavors suddenly make themselves known,

might it be that these five colored tastes have already been

living inside you?

Sebu Sea

I see the sea I see the sea before I know it I am seeing the sea
As if a fish with green gills and silver scales has come close
my eyes settle on the sea I look into the sea toward the sea
I see the sea without pulling my thoughts back
letting them run toward the sea
In Mactan, in Sebu, dazzling like the rich curling hair of a
white woman
I see the sea the blue the deep—blue sea
I look into the sea unable to stop thinking of it
the sea that came to me slowly as if about to confess a secret
Spellbound by the blue sea sloshing blue
I see the sea I see the sea I see the sea I see the deep blue sea
I cannot turn my eyes from the sea shining dark blue
I see the sea that blew the dust of boredom from me
the sea the blue itself.

Erik Satie

Erik Satie, a free spirit

who dreamed of defiance and belonged nowhere.

It is said that one day, in a café,

he introduced himself to a critic

as a Gymnopedist.

Soon afterward he composed three piano pieces

and called them Gymnopédies.

Born in the nineteenth century,

he pursued an innovation no one could imitate—

not music taxidermized by tradition.

Perhaps that is why no pianist of his time

played his works.

Living alone on the third floor of an old building,

where the musty smell of Paris's outskirts

stung the nose,

he earned his living

playing the piano at the Black Cat café.

Driven by resistance to convention,

he ignored the techniques of classical music.

Free of fixed ideas—simple, even comfortable—

he held fast to the world he sought.

Today his music is called

a forerunner of New Age,

for its atmosphere that seems

almost not to be there.
The strong will of a composer
whose music moves forward
without a final resolution—
resisting the glitter of Romanticism,
choosing simple, repeating tones;
even in sorrow and lament
what stands out
is clarity.

In the ballet Parade, first staged
by Diaghilev's Ballets Russes,
he collaborated with Jean Cocteau,
poet and all-around artist,
and with Picasso, founder of Cubism,
who designed the costumes.
There he pushed beyond orchestral sound,
inserting the noises of everyday life—
alarm bells, whistles, even blank gunshots—
the clamor of the modern city,
bold popular elements
that placed him at the forefront of the avant-garde.
His melodies often seem to begin from nowhere
and end without resolution,
refusing formal closure.

Instead of dramatic rises and falls,

his music holds emotion in suspension,

like the dreamlike air of silent films.

Repetition, silence, slow tempo—

unbroken.

The first piece moves between A major and A minor,

the second in C major,

the third in G minor.

Within those repeated spaces

a deep stillness arises.

Listen closely,

and the piano pieces he shaped

become quiet.

Happy Motel

In the daytime, Happy Motel looks not happy but unhappy.

At night, Unhappy Motel looks not unhappy but happy.

January 2 does not feel like January 2; February 9 does not feel like February 9.

At Happy Motel, I unhappily spend a January 2 that does not turn happy.

At Unhappy Motel, I happily spend a February 9 that does not turn unhappy.

When Happy Motel looks not happy but unhappy, it snows.

When Unhappy Motel looks not unhappy but happy, it rains, rains.

January 2 does not feel like January 2; February 9 does not feel like February 9.

At Happy Motel, I unhappily greet a January 2 that did not turn happy.

At Unhappy Motel, I happily greet a February 9 that did not turn unhappy.

I roll on the bed while snow falls unhappily all day.

I lie on the bed while rain falls, happy, happy.

Happy and unhappy—what is the difference?

I was going to call for unhappy, but called for happy instead.

Chicken Ribs Bound for the Underworld

I eat Chuncheon chicken ribs not in Chuncheon but in Hoengseong. On the round iron griddle I stir-fry potato, sweet potato, onion, cabbage, and udon together, and at that moment Leghorns shoot up—one, two, three, four, cock-a-doodle-doo, cluck-cluck; New Hampshires bounce—five, six, seven, eight—searing on the griddle; native chickens squeal it's too hot, too hot—eight, nine, ten, eleven. They flap, thud, squawk on the griddle among potato, sweet potato, onion, cabbage.

I eat Chuncheon chicken ribs not in Chuncheon but in Hoengseong, the chicken hissing on the griddle. Drumsticks and breasts lacquered in gochujang, pepper flakes, soy sauce, and minced garlic threaten to make a run for it before they slide down your throat and mine. Like prisoners breaking from a camp, they scramble to escape. The round griddle is a blazing pit for Leghorns, New Hampshires, native chickens. They shriek they can't take the heat—sizzle-sizzle-sizzle-sizzle.

A Quiet Collusion

While staring blankly at a fish's fin,
I gave up the thought of chewing a cat's tail,
and saw a few carp gliding through the lake.

A pair of cats, male and female,
walked along the road, then suddenly veered right
into a narrow passage beside a building.
I watched them from behind—

for a moment, only a tail.
Following that black tail,
I saw a paulownia tree standing there,
as if it were proving life persists.

Should I call it lonely?
No, it endured,
as if it knew nothing of solitude.
And yet, for no reason,
I wanted to call out the names of trees.

Without reason—
plane tree, machilus thunbergii, purple magnolia, zelkova,
birch,
as I passed through a sweltering heat
that could only be called abnormal.

Then, seized by an unstoppable fervor,
I called out: cherry, apricot, peach.
As if burrowing through the space between spaces,
the trees began to walk toward me.

I knew it was only a matter of time
before birds and butterflies would gather,
and I waited
for marsh tits, long-tailed tits, brown-eared bulbuls,
and for Fischer's blues, yellow-legged tortoiseshells, and
yellow swallowtails.

I waited, too,
for those without belonging,
purple magnolia, zelkova, yellow-legged tortoiseshells,
yellow swallowtails,
telling them that here, on this earth,
I would make room for them all.

7

한일 번역시
번역가 오꾸보 노리꼬

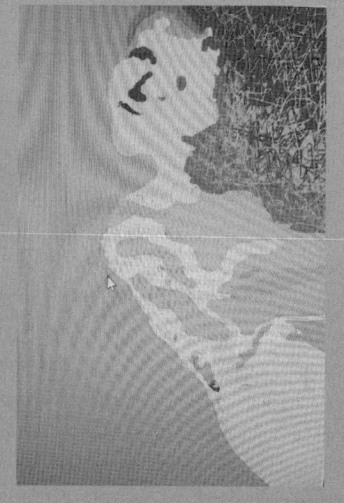

気力なき石ころ (무기력한 돌멩이)

四角い池に石ころを投げた
1、2、3、4、5、6、7
街路樹に引っ掛かるビニール袋に力の限り
四角い池とイチョウのてっぺんに

変わりばんこに石ころを投げた
三角でも四角でもない
石をヒュッと投げたが池にも木にも擦りすらせず
地面に転がり落ちた

砂利を投げた　何の足しにもならない無気力を
投げて投げつけたが
木のごとく　いや　あの草ほどにも
自らが生きていることすら証せない　砂利粒は捨てられて当然だ

私も　また

9月 (9월)

墓に刻まれた墓碑銘そっくりの
聞こえない男の声のごとく

強く肯定も否定もせずに
日差しの下　夏が終わろうとしている

あの人を憎み　あの人のせいで怒り
正しいとか正しくないと言う代わりに

日の光に包まれた9月が過ぎていく

青黒きメモ (검푸른 비망록)

24時間コンビニでインスタントコーヒーを飲み
自分の舌はなんて贅沢なんだと

突然自分は一人で希望もないと叫んだアメリカの女流詩人
シルビアプラス*を思い出す
そうだボクは今この瞬間この世と別れ自殺しそうだ

いや彼女のようにデリケートで　自らの体を強く床に投げ出し
ガラスのコップのように割ってしまうこともできず
とりあえず日々食事をし

コーヒーが飲みたければコーヒー
チョコレートが食べたければチョコレート
境界と境界を行き交い　リンゴが食べたければ熟さぬ青いリンゴ
焼酎が飲みたい時は清く透明な焼酎を最も優雅に飲み込んで

新しいカラーに戦慄をごちゃまぜにして軽くはない人生を
何とかやり過ごそうと
車が吐き出す排気ガスの中　人一人いない通りを
コンビニの椅子に座り　ゆっくりと見渡した

体を激しく捻じって
わが人生と舌はあまりに貴族的だという思いを捨てられず

なぜこの時が自分に与えられたのかと問い返しつつ

昼食はパスタをゴクリ喉の奥に適当に詰め込んだ

二束三文で売られるずいぶん前に出した5番目の詩集を開き
自分自身を極度に嫌悪し
正午の陽の下　手と足は埃のようだが
最も悲しい心を持った偉大な男だと考えた

人生において　とても人生とは言えぬ風景と素顔を
異邦人たちにこれ以上見せたくはない
誰も決して自分の内に足を踏み入れられるものか
ありえないと　心が悲鳴をあげる

警告を発するかのように真っ赤な信号に似た
動かない金色のマントを身につけた人生の前に
考えるのはよそう
ほおづえをつき　考えるのは止めようと　絶えず繰り返し食べ
寝てトイレに行き　呻き続ける　断固として人生はそうだ
とてつもない時の重さを踏みにじって

*シルビアプラス(Sylvia Plath 1932-1963)はアメリカボストン生まれ。
スミス大学及びハーバード大学に学ぶ。59年母校であるスミス大学で教鞭を取り、60
年初詩集「巨像」を、63年ビクトリアルーカスタンという仮名で自伝的小説集「ベル
ジャ」を出版。ガスバルブを開けたままオープンに頭を突っ込んで若くしてこの世を
去った。死後文学的な評価以上に様々な証言から神話と伝説の人となった。

釘 (吴)

釘が歩く　4車線道路を渡る
大きな釘が道を渡ると　今度は同じく4車線道路が現れた

また別の釘が4車線道路を渡る　渡っている　渡った

道を124番のバスが通る
124番青いバスが通った後　バスはもう来ない

釘Aが待ち　釘Hが待つ　1177番緑のバスは今どこに

停留所でバスを待つ釘たちに見向きもせず
緑のバスは　5分　10分　15分してもやって来ない

誰か　そう誰かが　何の考えもなく

釘Rが待ち　釘Kが待つ　バスの後ろのタイヤと前のタイヤを

大きな釘のようなとがった性格のJJJが刺してパンクさせたのか

誰かの心に釘を刺す自爆テロのように
JJJは自身の体をバスのタイヤに投げ出したのだろうか

55階のビルから見下ろせば　行き交う人全て
釘のごとく

ホワイトアウト* (화이트아웃)

カが表われた　ナは消え去った　タが表われた　ラが消え去った
Aが表われた　Bは消え去った　Cが表われた　D　が消え去った

カカカカカカカカカカカカカカカカカカカカカカカカカカカカカカカ
ナナナナナナナナナナナナナナナナナナナナナナナナナナナナナナナ
タタタタタタタタタタタタタタタタタタタタタタタタタタタタタタタ
ラララララララララララララララララララララララララララララララ

AAAAAAAAAAAAAAAAAAAAAAAAAAAAAAAAAAAAAAAAA
BBBBBBBBBBBBBBBBBBBBBBBBBBBBBBBBBBBBBBBBB
CCCCCCCCCCCCCCCCCCCCCCCCCCCCCCCCCCCCCCCCC
DDDDDDDDDDDDDDDDDDDDDDDDDDDDDDDDDDDDDDDDD

マが表われた　マママママママママママママママママママ
パが消え去った　パパパパパパパパパパパパパパパパパパパパパ

地に乱反射した光は　瞬いて表われた　一瞬　消え去った

ササササササササササササササササササササササササ

純白の雪原に疑問符を残し？？？？？？？？？？？？？？？？？？？

*ホワイトアウト；ひどい吹雪と乱反射する雪で辺りじゅうが真っ白に見える現象

宇宙飛行船 (우주비행선)

宇宙船の中からあたたかな手が飛び出した
宇宙船の中から真っ黒い目玉が
宇宙船の中からカバ４頭とゾウ２頭
宇宙船の中からワシ２羽が出てきた
宇宙船の中から一輪のムクゲが
宇宙船の中から銃を捨てたロシア兵が
宇宙船の中からツルがコロロ　コー　鳴きながら
宇宙船の中からナデシコがゆっくりと歩いてきた
宇宙船とは何か考える
宇宙船の中に自らを押し込んだ
そうして自身がそれら全てを懐に入れ
いや巨大な宇宙船そのものを

宇宙船とは何か　想像すれば　全ての命が飛び出してくる
宇宙船とは未来から来るノアの方舟だろうか

希望 (희망)

帽子を　　鍋に入れて煮詰めないで下さい
水槽を　　鍋に入れて煮詰めないで下さい
鳥籠を　　鍋に入れて煮詰めないで下さい
靴を　　　鍋に入れて煮詰めないで下さい
電話を　　鍋に入れて煮詰めないで下さい
暦を　　　鍋に入れて煮詰めないで下さい
鼻毛を　　鍋に入れて煮詰めないで下さい
ラッパを　鍋に入れて煮詰めないで下さい
植木鉢を　鍋に入れて煮詰めないで下さい
風を　　　鍋に入れて煮詰めないで下さい

煮詰めないで下さい　　煮ないで　　煮ないで
それら全てをグツグツ煮ないで下さい

ボクは空腹なんかじゃない
冷静そのもの
絶望じゃない希望を見い出したいだけだ

正陽

ピンが天から

太いクギ

トゲ

時計の針

縫い針

針金

鋭くとがったそれらが下りてくる
雨のように

君とボク　全ての胸に刺さり来る
鋭い日差し　地に刺さる

心のコップ (마음 컵)

心をコップに入れた　小さなコップに入れ紫色の大きなコップに
心をしゃもじで茶碗に入れた　大きな茶碗と黄色い小さな茶碗に
心をやかんに入れた　小さなやかんに入れ孔雀色の大きなやかんに
心は　器に入れる度　また　別の心だ　心の中は　刻々と変わる
心は　器に合わせ　自身を調節し　柔軟に　体を曲げたりもする
心は俗心以上でも以下でもなく謙虚に生きる　生きようと努力する
心ではなく別の人生を夢見ることのない内面に普遍の純潔を見る
今日は心のコップにどんな本性を入れようか　考えて決めかねた
行為と対象が一つとなる円融と包容性　卓越した未来像　真の世界に

不死身マシーン (영생머신)

未来のある日バイオセンターで
死にかけた老人を不死身マシーンに乗せ
バッテリーを高速充電するかのごとく
９２年経つシワシワの細胞を再生させた
機械が全知全能の神のように
ひどく几帳面で繊細な感覚を使い
老いた体を若返らせる
１センター　四角形　Ａマシーンと　Ｂマシーン
２センター　三角形　Ｃマシーンと　Ｄマシーン
３センター　五角形　Ｅマシーンと　Ｆマシーン
４センター　丸形　Ｇマシーンと　Ｈマシーンも24時間稼働中だ
午前11時現在805920時間を生まれ変わり
権力者や社会的名士もしくは体力のある者は
未来では死ぬことがない
次の世は　金が無いゆえ有罪
金があるゆえ無罪ではなく
金持ちは不死身となるはずだ
人類歴史上ない不平等な世に

－ 2018년 계간 『연인』 봄호

해설

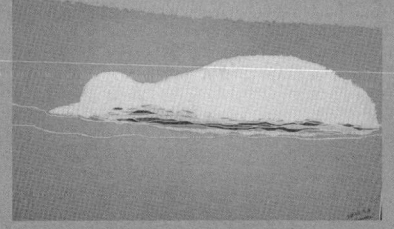

가장 낮은 것에서 가장 먼 곳을
— 낮음의 미학과 존재의 단련
『발뒤꿈치 명왕성』해설

고정욱(문학박사, 소설가)

1. 왜 발뒤꿈치인가

시집의 제목은 언제나 시인의 선언이다. 독자는 제목을 보는 순간
그 시집이 어떤 마음과 이야기를 담고 있는지 짐작하게 된다. 좋은
제목은 독자의 마음을 먼저 두드려 문을 열게 만든다. 그래서 시인은
시를 쓰는 만큼이나 제목을 정하는 데 많은 고민을 한다. 결국
제목은 시집 전체의 의미를 한 문장으로 보여주는 작은 깃발이다

강만수 시인의 『발뒤꿈치 명왕성』은 그 제목만으로 이미 하나의
세계관을 제시한다. 발뒤꿈치. 우리는 얼굴을 기억하고, 눈을
바라보고, 가슴을 이야기한다. 그러나 발뒤꿈치를 생각하는 일은
드물다. 그곳은 늘 땅에 닿아 있고, 신발 속에 가려 있으며, 가장
먼저 닳고 가장 늦게 주목받는 자리이기 때문이다.

그러나 사람이 직립하기 위해 가장 중요한 곳이 어디인가. 바로 그
발뒤꿈치다. 이 시집은 높은 데서 시작하지 않는다. 이념이나 관념,
거창한 언어에서 출발하지 않는다. 가장 낮은 곳, 가장 무거운 몸의
중심에서 출발한다. 낮음이야말로 이 시집의 핵심이다.

오늘의 시가 때로는 지나치게 지적이거나, 모호하고 지나치게
감상적으로 흐르는 경향이 있다면, 강만수의 시는 다르다. 그는
낮아진다. 낮아져서 땅을 딛고 그 접촉에서 사유를 길어 올린다.
이것이 『발뒤꿈치 명왕성』이 보여주는 첫 번째 미덕이다.

알을 양발에 끼고 소중하게 품고 있는
동물원 땡볕 아래 타조야
너는 왜 웅크리고만 있니
태산처럼 움직이지 않고 굳건하게 버티고 선
네 사랑
새끼를 향한 마음에 울컥했다
아이를 다 키워서 나는 이렇게 자유로운데
너는 이제 막 시작이구나 −〈깊은 사랑 전문〉

가장 소중한 알을 가장 낮은 발에 끼고 웅크려 품는 타조의 모습은
연꽃의 그것과 닮았다. 진흙 뻘에 뿌리를 내리지만 아름다운 꽃을
수면 위로 피워 올리는 그 놀라운 반전. 발뒤꿈치라는 시집의 제목은
이 안에 그런 반전이 숨겨져 있음을 에둘러 표현한 것이다.

2. 소리의 복원 − 언어 이전의 세계

이 시집을 읽으며 가장 먼저 눈에 들어오는 작품은 「빗낱」이다.

콩탁 콩탁 콩탁 콩콩탁 콩탁 콩탁 콩콩탁 콩탁 콩탁
ㅋ ㅌ ㅋ ㅌ ㅋ ㅌ ㅋ ㅌ ㅋ ㅌ ㅋ ㅌ ㅋ ㅌ ㅜ ㅌ
ㅌ ㅌ ㅌ ㅌ ㅌ ㅌ ㅌ ㅌ ㅌ ㅌ ㅌㅌ ㅌ ㅌ ㅌㅌ ㅌ
톡 톡 톡 통 통 톡 톡 톡 톡 톡 통 통 통 톡 톡 톡 (부분)

이게 뭐냐고 의문을 품는 독자도 있을 수 있다. 언어의 미학을
노래하면서도 의성어로만 구성된 시이기 때문이다. 의성어에서
더 나아가 자음만으로 시어를 나열한다. 이 대목에서 강 시인과
필자가 방문했던 소설가 전상국의 문학관에서 알게 된 작은 기록이
떠오른다. 전상국은 문학관 한켠에서 자신이 가장 먼저 소설에

자음만을 사용한 표기를 했다고 하며 웃음 소리를 ㅎㅎㅎ로 쓴 작품을 보여준 적이 있다. 그걸 본 나는 문학이야말로 끝없는 실험의 향연임을 확인했다. 한계도 없고 틀도 없으며 또한 끝없이 새로움을 추구하는 것이 문학이다.

이 시는 설명하지 않는다. 그렇다고 묘사하는 것도 아니다. 그저 음절을 떨어뜨린다. 그 음절이 곧 시인 것이다. 그렇다면 독자도 읽는 걸 포기해야 한다. 그저 온몸으로 들어야 한다. 아니, 몸으로 그 비를 맞아야 한다.

로만 야콥슨은 시의 본질을 '언어의 자기지시성'이라 정의했다. 시는 외부 세계를 전달하는 기능을 넘어, 언어 자체의 물질성을 드러내는 순간에 완성된다는 것이다. 「빗낱」은 그 정의를 가장 직관적으로 구현한 작품이다. 그 이유는 자모의 반복은 단순한 실험이 아니다. 빗방울은 완결된 문장으로 떨어지지 않는다. 하지만 그 추락은 리듬이다. 시인은 그 리듬을 언어로 노래할 뿐이다.

더 주목해야 할 것은 각주다.

"하나하나가 빠짐없이 모두 빗방울을 뜻하는 말임."

이 문장은 단순한 설명이 아니다. 세계관이다. 하나하나가 모두라는 인식. 작은 것 하나도 빠짐없이 존재의 자격을 가진다는 태도. 이 시는 거대한 상징보다 작은 소리를 먼저 듣는다. 이 듣기의 태도는 명상의 출발점이기도 하다. 명상은 생각을 증폭시키는 일이 아니라, 먼저 고요히 듣는 일이다. 시인의 시는 바로 그 자리에서 시작된다.

3. 사막을 건너는 존재 – 극한의 공간과 인간의 품격

감각의 세계를 지나면 우리는 전혀 다른 공간을 만나게 된다. 그 공간은 시인이 사는 세상이며 또한 우리들도 같이 그 안에서 호흡하며 살아야 하는 삶의 터전이다.

태양 빛이 매우 건조한 대지에 내리쬘 때 그 불볕을 느껴봤는가
강렬한 폭양에 어깨와 허리 무릎과 발목이 내려앉는

사막을 힘겹게 혀끝 꽉 깨물며 걸어가다 바람이 불 때면
휘이익 날리는 붉은 모래에 뒤섞인 희부연 먼지들

그러다 어디선가 간헐적으로 들리는 여우 울음 아니 섬묘한 소리에

낙타에서 내려 수통에 든 물을 벌컥벌컥 마신 뒤
어떤 동식물도 살아남을 수 없을 것 같은

온통 모래 알갱이로 뒤덮인 길을 걸어가다 (하략)

이 시는 사막을 묘사하지만, 실제로는 인간이 처한 삶의 조건을 말하고 있다. 겉으로 보면 모래와 태양, 살증과 고독 같은 자연의 풍경이 중심에 놓여 있는 것처럼 보인다. 그러나 그 사막은 단순한 자연 환경이 아니라 인간 존재의 근본적인 상황을 비유적으로 드러내는 공간이다. 끝이 보이지 않는 모래벌판은 인간이 살아가야 하는 세계의 낯설고도 가혹한 구조를 상징한다. 방향을 잃기 쉬운 공간, 한 걸음 한 걸음이 모두 고통과 인내를 요구하는 장소, 바로 그것이 인간의 삶이 놓인 자리이기도 하다.

하이데거의 표현을 빌리자면 인간은 '던져진 존재(Geworfenheit)'

다. 우리는 태어날 장소도, 시대도, 환경도 스스로 선택하지 못한 채 이 세계 속으로 던져진다. 누구도 삶의 출발선을 고를 수 없으며, 어떤 사람은 풍요 속에서, 어떤 사람은 결핍 속에서 삶을 시작한다. 사막은 바로 그러한 인간 조건의 은유다. 물이 넉넉하지 않고 길이 명확하지 않은 곳에서 우리는 그저 주어진 환경을 견디며 앞으로 나아가야 한다. 이 시의 사막은 그래서 단순한 풍경이 아니라 존재론적 상황을 압축한 상징이다.

그러나 이 시에서 중요한 것은 절망이나 체념이 아니다. 중요한 것은 그럼에도 불구하고 계속 걸어가는 인간의 행위다. 인간은 완벽한 조건 속에서 살아가는 존재가 아니라, 불완전한 상황 속에서도 움직이는 존재다. 혀끝을 깨물며 갈증을 참아내고, 수통 속 남은 물을 조금씩 나눠 마시며, 끝없이 이어진 모래 위를 통과하는 인간의 모습은 바로 그 지속의 의지를 보여준다. 사막은 멈추면 죽는 공간이다. 그렇기에 걸음 자체가 생존의 방식이 된다. 이 시는 그 단순하지만 근본적인 진실을 조용히 드러낸다.

이 작품이 인상적인 이유는 고통을 과장하지 않는 태도에 있다. 사막의 고통은 분명 혹독하지만, 시는 그것을 비극적으로 장식하거나 감정적으로 부풀리지 않는다. 고통을 서정적으로 소비하지도 않는다. 대신 인간이 처한 상황을 담담하게 바라본다. 갈증이 있고, 모래바람이 있고, 끝없는 길이 있을 뿐이다. 그리고 그 속에서 한 인간이 묵묵히 발걸음을 옮긴다. 바로 그 절제된 시선이 작품의 힘을 만든다.

이 절제는 단순한 냉정함이 아니다. 그것은 감정을 억누르는 태도가 아니라, 감정을 단련하는 태도다. 지나친 감정의 표출이 오히려 현실을 흐릴 때가 있다면, 이 시는 감정을 절제함으로써 오히려 현실의 무게를 더 또렷하게 드러낸다. 오늘날의 시가 종종 감정의 과잉 속에서 독자를 설득하려 할 때, 강만수의 시는 반대로 감정을 다스리는 방식으로 독자를 끌어들인다. 말이 적을수록 의미가

깊어지는 방식이다.

그래서 이 시집의 사유 역시 걷는다. 그것은 한 번에 도달하는 결론이 아니라, 한 걸음씩 전진하는 사유다. 사막을 통과하듯이, 생각도 천천히 앞으로 나아간다. 시는 어떤 거대한 선언으로 끝나지 않는다. 대신 인간이 계속 걸어갈 수밖에 없는 존재라는 사실을 조용히 보여준다. 사막을 건너는 행위 자체가 곧 삶이며, 그 걸음 속에서 인간은 비로소 자신의 존재를 증명한다.

이 시는 결국 인간이 어떻게 살아야 하는가를 묻는다기보다, 인간이 어떻게 살아가고 있는지를 보여준다. 그리고 그 대답은 단순하다. 우리는 선택하지 않은 세계 속에서 태어났지만, 그 세계를 통과하는 방식만큼은 스스로 만들어 간다. 사막이 끝나지 않더라도, 인간은 계속 걷는다. 그 걸음이 바로 삶이기 때문이다.

4. 형식의 단련 ― 해체와 재구성

강만수 시인의 형식은 두 가지 축으로 전개된다. 「빗낱」에서 보이는 자모는 분해되고 반복되는 해체가 그 하나라면 둘째는 「사하라」에서 보는 건조함과 담담함이다. 이 두 형식은 상반되어 보이지만, 실제로는 같은 방향을 향한다. 언어를 본길로 되돌리려는 익다.

후기구조주의가 말하듯, 언어는 고정된 의미의 그릇이 아니다. 기표는 흔들리고, 의미는 유동한다. 강만수는 그 흔들림을 숨기지 않는다. 오히려 드러낸다.

그러나 그 해체는 무책임하지 않다. 해체는 다시 세우기 위한 과정이다. 발뒤꿈치에 굳은살이 생기듯, 이 시집의 언어도 단련의 흔적을 품고 있다.

오늘의 한국 시단은 실험과 서정 사이에서 끊임없이 흔들린다. 지나치게 난해하거나, 지나치게 감상적이 되기 쉽다. 이 시집은 그 사이에서 단단히 선다. 실험은 있지만 공허하지 않고, 서정은 있지만 과잉되지 않는다. 이 균형은 우연이 아니다. 오랜 사유와 수련의 결과다. 이 시집은 새로운 길을 과시하지 않는다. 대신 묵묵히 걷는다. 그 걷기가 곧 이 시집의 미학이다. 그의 시 〈의미의 깊이〉를 보면 산책하는 자아가 나온다.

살이 투실투실하게 쪄 느릿느릿 움직이는
게으른 황금잉어처럼
정원에 오전 햇살이 비릿한 연못을 비추고
주변에 심어 놓은 화초들이 특유의 향과 함께 잎을 반짝거리면
언덕 위 서 있는 초록색 건물까지 그는 산책을 시작했다 (하략)

실제로 강만수 시인은 걷는 사람이다. 하루 1만보는 기본으로 걷고 여행을 갔을 때는 그 이상도 흔하게 걷는다. 카자흐스탄 여행을 갔을 때 오전에 출발해 무려 15킬로 정도 되는 거리를 걸어서 필자와 함께(엄밀히 말하면 필자의 휠체어를 밀고) 공항까지 가 귀국한 전설적인 기록도 있다. 이 시집에 나오듯 가장 먼 행성 '명왕성'까지 걸어간 기분이다.

걷는다는 것은 인간이 세계를 사유하는 가장 원초적인 방식 가운데 하나다. 인간은 걷기 시작하는 순간 시간의 흐름을 다시 자기 몸의 리듬에 맞춘다. 빠르게 변하는 문명은 생각을 밀어붙이지만, 걸음은 생각을 천천히 끌어낸다. 발걸음이 반복될수록 의식은 외부의 소음에서 벗어나 내면으로 수렴한다. 그래서 걷기는 단순한 운동이 아니라 사유의 장치가 된다.

칸트가 매일 같은 시간에 산책을 했던 것도 우연이 아니다. 그에게 산책은 몸의 습관이자 사유의 질서를 유지하는 철학적 의식이었다. 규칙적인 걸음 속에서 세계는 질서를 되찾고 개념은 또렷해진다. 걷는 동안 인간은 사물과 적당한 거리를 확보한다. 그 거리는 판단을 가능하게 하는 철학적 공간이 된다. 너무 가까이 있으면 집착이 되고 너무 멀면 무관심이 된다. 걷기는 그 사이에서 사물을 다시 보게 만든다.

생각의 불필요한 장식은 걸음 속에서 하나씩 떨어져 나간다. 복잡했던 문제는 점차 단순한 구조로 환원된다. 마치 세계가 해체되었다가 조립되는 것처럼 보인다. 이때 인간은 자신의 삶을 새로운 질서 위에 다시 세울 수 있다. 그래서 많은 철학자들이 책상보다 길 위에서 더 깊이 생각했다. 걸음은 사유를 움직이게 하는 가장 오래된 철학적 기술이다. 또한 시인의 기술이기도 하다.

걷는다는 것은 세계를 떠나는 일이 아니라 세계를 다시 이해하는 과정이다. 그리고 한 걸음은 언제나 새로운 사유의 시작이 된다. 생각의 파편이 아니라, 단련된 사유의 축석. 이 시집은 순간의 감정이 아니라, 오래 숙성된 사유의 결과물이다. 낮은 자리에서 시작한 사유는 결국 높은 통찰에 닿는다. 발뒤꿈치는 가장 낮은 곳이지만, 그곳이 무너지면 우리는 설 수 없다. 이 시집은 낮음에서 시작해, 존재를 단단하게 세운다.

5. 낮음이 높음이 되는 순간

강만수 시인의 이번 시집은 고요하다. 그러나 그 속에는 깊은 울림이 있다. 낮은 자리에서 시작한 명상은 결국 가장 높은 사유에 닿는다. 나는 확신한다. 이 시집은 오래 읽힐 것이다. 그리고 오래 기억될 것이다. 발뒤꿈치에서 시작된 사유는 우리 모두의 삶을 굳건히 지탱하는 힘이 된다. 강만수 시인의 시작들은 그 강건한 힘의 발현이다.

이 시집 『발뒤꿈치 명왕성』은 낮음의 철학과 감각의 복원을 통해 오늘의 시단에서 분명한 성취를 이룬 작품이다. 시집 전체가 하나의 빼어난 리듬으로 노래하는 장관을 보여주고 있다. 단련된 발뒤꿈치가 다음 길을 예고하는 느낌에 가깝다. 좋은 시집은 완결로 끝나지 않는다. 여백을 남긴다. 그리고 그 여백이 다음 작품을 부른다. 그게 그의 끝없는 시창작의 행보일 것이다. 시인의 이번 시집은 분명 하나의 대단한 성취이다. 그러나 동시에 출발이기도 하다. 감각과 존재를 단련해온 강 시인이, 다음 시집에서는 더 넓은 숨결과 확장된 우주적 상상력을 얹어줄 것이라는 기대를 품게 된다. 시인의 발뒤꿈치는 이미 충분히 단련되었다. 이제 그 발은 단지 더 긴 여정을 걷는 데 그치지 않고, 가장 낮은 자리에서 가장 먼 우주를 향해 감각의 안테나를 세우기 시작한다. 발뒤꿈치에서 명왕성으로 이어지는 이 놀라운 상상력은, 결국 시인이 세계의 미세한 떨림과 우주의 신호를 놓치지 않으려는 존재라는 사실을 보여준다. 그는 늘 자신을 낮추어 땅에 닿게 하면서도, 동시에 가장 먼 곳과 소통하려는 시적 본능을 지니고 있다. 그러므로 우리는 그의 명왕성보다 더 먼 다음 행선지를 기대하게 된다. 아래의 시처럼 〈발뒤꿈치 명왕성〉은 먼 행성이 아니라 출발점이면서, 세계와 우주를 향해 열린 감각의 자궁이며 새로운 탄생의 자리다.

6월 11일 손등에서 급작스럽게 천왕성이 튀어나온 오후에
주춤거리다 엄지손가락에서 작은주홍부전나비 22마리는 파랑색으로
두 번째 손가락에서 나온 돈무늬팔랑나비 222마리 빨강색으로
세 번째 손가락에선 나온 여름어리표범나비 2222마리는 노랑색으로
네 번째 손가락에서 나온 부처사촌나비 22222마리 주황색으로
새끼손가락에서 나온 큰점박이푸른부전나비 222222마리는
초록색으로 날아왔다

5월 14일 발뒤꿈치에서 명왕성이 튀어나온 뒤
엄지발가락에서 튀어나온 직박구리는 빨강으로 다가와
빨간맛으로 느꼈고
두 번째 발가락에서 나온 까막딱따구리는
주황으로 다가와
주황색 맛이었고

세 번째 발가락에서 튀어나온 괭이갈매기는
노랑으로 다가와 노랑맛으로 느꼈다
네 번째 발가락에서 나온 수리부엉이는
초록으로 다가와 초록맛으로 느꼈고
새끼발가락에서 튀어나온 흰뺨검둥오리는
파랑으로 나타나 파랑맛으로 느꼈다 (하략)

삼십삼 년 만에 이뤄진 별의 순간
(문장아고라 국내문학 기행 춘천 편)

강만수(시인)

그날은 찜통처럼 푹푹 찌는 무더위와 살갗이 타들어 갈 것 같은 땡볕으로 인해 숨이 턱턱 막히고 매우 힘들었다. 그러나 작가 고정욱 원작인 〈가방 들어주는 아이〉를 뮤지컬로 제작 목동 소재 코바코 홀에서 공연이 시작됐다는 소식을 듣고, 서봉석 시인과 장은지 양에게 함께 관람하자고 권했으며, 흔쾌히 내 초대에 응한 두 분을 홀에서 만나 작가에게 소개했다. 그는 공연 두 시간 전 그곳에 도착 현장에서 도서를 구매한 관람객들에게 사인을 하고, 아이들과 함께 사진을 찍기도 하면서 즐거운 시간을 보내고 있었다. 공연은 12시부터 시작된다고 해서 우리 셋은 1층 카페에서 1시간 정도 차를 마시며 시간을 보낸 뒤, 뮤지컬을 볼 수 있었다. 아름다운 음악과 환상적인 조명 배우들 열연 속에 한 시간이 어떻게 지나가는 줄도 모르고 쏜살같이 지나간 감동적인 무대였다. 1회 공연이 끝난 뒤 우리 넷은 근처 중식당으로 자리를 옮겨 그곳에서 점심식사를 했다. 우연히 들어간 식당은 부근에서 맛집으로 이름이 널리 알려진 곳이었고, 손님들로 인해 빈자리가 없을 정도로 안쪽까지 꽉 찼지만 때마침 식사를 끝내고 일어서는 분들이 계셔서 그 자리에 앉을 수 있었다. 전에도 서봉석 시인께서 내게 넌지시 말하긴 했지만, 자신의 경희대 동문인 예술원 회원이자 원로소설가인 전상국 선생을 춘천으로 문학기행을 정해 찾아뵙는 건 어떨지 다시 물었고, 1992년 실험적인 단편소설인 〈선험〉으로 문화일보로 등단했을 때 심사위원이었던 전상국 선생에게 이제 막 작가가 된 고정욱이 댁으로 찾아뵙겠다고 여쭀을 때 "문단에서 보자고 한" 선생의 뜻에 의해 뵙고 싶은 열망은 강했지만, 개인적인 만남은 이뤄지지 않았다. 그런 연유로 이번에 전상국 선생과 동문인 서봉석 시인의 적극적인 주선으로, 그날 뮤지컬을 본 뒤 식사를 하면서 중식당에서 지금은 날씨가 매우 무더우니 구월 중순쯤 찾아뵙는 걸로 暫定的으로 정한 뒤, 다시 연락하기로 했다. 그로부터 보름쯤 지난 이른 오전에 서 시인께서 전상국 선생과 통화 후, 선생께서도 고 작가를 기억하고 있었기에 말하기가 편했다며 내게 전하길, 날짜는 9월 18일 오후 2시에 선생이 계시는 〈전상국 문학의 뜰에서〉 회동키로 했다고, 평소 자신이 "문단에 나가 활동할 수 있게 해준 은인이라고" 늘 마음속에 담아두고 있었던, 고 작가의 오랜 바람인 전상국 선생과 만남이 33년 만에 이뤄질 수 있게 되었다. 약속한 날 문학기행에 참여한 여섯 명은 김유정역에서 12시에 만나 行先地를 향해 출발했고, 현관 앞까지 나와 우리 일행을 보고 반갑게 맞아주신 전상국 선생을 뵐 수 있었다. 스승은 원로 작가로 제자는 국내 아동문학의 정상에 올랐다고 할 수 있는, 청소년 문학의 노벨문학상이라고도 불리는 〈아스트리드 린드그렌 기념상〉 후보에 오른 작가로, 잣나무숲이 우거진 금병산 예술촌에서 33년 만에 이뤄진 만남은 진정 아름답게 빛나는 별의 순간이 아니었나 싶다. 나 또한 고정욱 작가의 오랜 바람이었던 恭敬하며 기다린 전상국 선생과의 인연이 결실을 맺은 순간을 지켜볼 수 있어서 매우 기뻤다. 1층 수많은 책들이 병풍처럼 둘러쳐진 책 곳간에서 우리 모두와 전상국 선생과의 대화는 자기소개부터 하게 됐다. 우선 필자의 졸시를 400여 편 일역해 10여 년 동안 〈계간 연인〉에 揭載 할 수 있게 도왔던 오꾸보 노리꼬 선생의 소개가 있었으며, 이어서 올해 시집 〈 푸른 목마 게스트 하우스〉를 상재해 호평을 받은 김리영 시인이 자기소개를 마친 뒤, 전혀 생각하지 못했건만, 전상국 선생께서 김 시인의 이번 시집에 수록된 시 중에서 〈왜 떠나고 싶을까〉를 그 자리에서 골라 중저음으로 바로 낭독하셨다. 고요한 실내에 울려 퍼진 굵고 잔잔한 목소리로 인해 우리는 모두 시를 통해서만 느낄 수 있는 詩에서 전해지는 촉촉하면서도 결이 고운 감동을 느꼈다고 할까? 참석한 이들 모두 귀를 기울여 들었고 그 자리의 격을 한층 더 올려준,

심쿵한 시간이었다.

숨은 별 아래 마른 수풀 헤치며 달린다/ 바늘이 위사와 경사 사이 뚫고 달려오면/ 천을 붙잡고 다독인다/ 관절 신경이 끊어질 듯 아픈 날/ 손가락 펴고 시접을 뜯어내고/ 경계 넘어 떠날 준비를 한다/ 척박한 나라의 국경을 박음질로 눌러 박으며/ 소외당하지 않는 곳을 찾아간다/ 바늘은 그곳이 어딘지 가르쳐주지 않는다/ 질문이 좁아지면 한숨 돌리고/ 바늘이 휘거나 앙상해지기 전에/ 촉촉한 이슬 곁으로 떠나간다/ 〈왜 떠나고 싶을까〉 전문

이어서 올봄에 등단한 박철희 시인 그리고 필자도 인사를 드렸다. 참석한 이들 소개가 끝난 뒤 각자 갖고 온 저서를 기증했으며. 전상국 선생께서도 자신의 작품 모음집인 〈강〉 출판사에서 발행한 전집 중에서 한 권씩을 우리에게 친필 사인을 해서 주셨다. 순간 책 욕심을 버리지 못한 필자는 선생께 한 권 더 주실 수 없냐고 여쭤 다른 이들보다 더 받을 수 있었다. 耳順을 훌쩍 넘긴 나이에도 책 욕심을 버리지 못한 나 자신이 부끄러웠음은 부인할 수가 없다. 저서를 주고받은 뒤 지하 1층으로 자리를 옮겨 잘 정리된 자료실에서 전상국 선생께서 작가로 살아온 올곧은 삶과 인생을 보고. 문단 후배로서 가슴에 전해지는 묵직한 느낌에 콧날이 시큰해졌다. 앞으로 어떤 글을 써야 할 것인지 어떤 삶을 살아가야 할 것인지? 言順理正을 실천하지 않을 수 없는 귀한 가르침을 받은 시간이었고. 무언가 반드시 풀어야만 할 話頭를 받아온 느낌이었다. 앞으론 게으름을 피우지 말고 조금 더 글날을 벼리고 벼려야만 할 것 같다 내게 주어진 是甚麼를 풀기 위해.

전상국 문학의 뜰에서 받은 자료를 일부 인용합니다. "전상국 문학의 뜰은 춘천 금병산 예술촌 잣나무숲을 중심으로 한국문학의 빛나는 자취 그 현주소를 확인할 수 있는 시. 소설 수필 문학평론

등 2만 여권의 문학작품을 자유롭게 찾아 읽을 수 있는 책 곳간 우리들의 날개와 작가의 자택 동행 그리고 창작의 산실인 서재 아베의 가족 등으로 이루어진 자연 속의 작은 문학 동산입니다. 1층 책 곳간 우리들의 날개에는 우리나라 광복 전 후의 문학 서적들은 물론 이 시대 한국문학의 출중한 모든 문인들의 자필 서명이 들어있는 문학 저서들이 저자 이름순으로 책장 가득 꽂혀 있습니다. 이곳 책 곳간에서는 문학의 뜰에 함께 살고 있는 숲의 꽃과 나무들을 영상으로 만날 수도 있습니다. 계단을 한 층 내려가면 60여 년 동안 문학과 동행한 전상국의 글쓰기 즐거움을 엿볼 수 있는 조촐한 흔적이 전시 돼 있습니다. 이곳에서는 한 작가의 문학 그 빛과 울림의 진원이었던 스승, 선배, 문우들도 만날 수 있습니다"

"전상국은 우리가 살아온 현대사를 바탕으로 두꺼운 껍질로 은폐된 다양한 사회병리적 현상을 작품 속에 투영함으로써 자신만의 소설 미학을 창조했으며, 이를 통해 우리가 나아가야 할 방향을 이야기로 펼쳐냈다. 전상국에게 소설 쓰기란 고인 물이 넘쳐 스스로 길을 만들 듯, 우리들 삶의 근원을 돌아보고 더 나은 내일을 조망하기 위해 길을 내어가기 위한 과정이었다."

- 관람시간 10:00-12:00, 13:00-17:00 (수~일)
- 관람료   무료
- 주소   춘천시 신동면 풍류 1길 84-6
- 문의   T 033-262-3200/ F. 033-262-3207

발뒤꿈치 명왕성

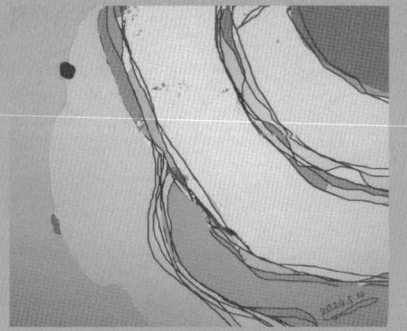

소설가 전상국 선생과

서봉석 시인과

오꾸보 노리꼬 번역가와

김유정 번역가와

서봉석 시인, 박철희, 고정욱, 전상국, 김리영, 오꾸보 노리꼬 선생과

윤강로시인과

영화 봄밤 시사회를 끝내고 인터뷰

이경교 시인과

강민아 작가와